Des hommes ordinaires

Eric Arvin

Des hommes ordinaires

Eric Arvin

REAMSPINNER
PRESS

Publié par
DREAMSPINNER PRESS

5032 Capital Circle SW, Suite 2, PMB# 279, Tallahassee, FL 32305-7886 USA
www.dreamspinnerpress.com

Des hommes ordinaires
Copyright de l'édition française © 2013 Dreamspinner Press.
Titre original : Simple Men
© 2010 Eric Arvin.
Première édition : mars 2010
Traduit de l'anglais par Christine Gauzy-Svahn.

Conception graphique :
© 2010 Mara McKennen.
Les éléments de la couverture ne sont utilisés qu'à des fins d'illustration et toute personne qui y est représentée est un modèle

Édition imprimée en français : 978-1-63533-196-7
Première édition en version papier : octobre 2016
Édition e-book en français : 978-1-62380-003-1
Première édition française : février 2013
v 1.0

Édité aux Etats-Unis d'Amérique.

I

... un petit quelque chose avant tout le reste...

CHIP ARNOLD, entraîneur des Growlers – l'équipe de football américain de l'Université de Verona – était assis à une table du petit bar avec son assistant Lenny. Dire qu'ils étaient de bons amis était exagéré mais ils s'entendaient bien. Il le faut bien lorsque vous travaillez en étroite collaboration avec quelqu'un pendant de longues périodes dans le but d'imaginer des stratégies et des tactiques de jeu précises que les garçons feront foirer. Il doit y avoir un certain degré de camaraderie et de confiance. Vous devez être dans le même état d'esprit. Et, en gros, Lenny était un type agréable à côtoyer, en particulier pour traîner dans les bars. Ce n'était pas un garçon particulièrement beau, par conséquent ceux qui l'accompagnaient gagnaient en séduction. C'était une horrible vérité mais une vérité que chacun apprenait d'une façon ou d'une autre. Chip Arnold n'avait pas vraiment besoin de l'aide de Lenny pour attirer une fille. Chip avait toujours su quelle attitude adopter et quelles étaient les paroles exactes pour plaire aux filles. Ce soir, il était l'étalon du bar et faisait bander ses muscles à chaque fois qu'il levait son verre. S'il le voulait – et cette pensée l'emplissait de fierté – il pouvait serrer la nana de son choix tout de suite dans les toilettes.

C'est ainsi que Chip passait ses soirées depuis quelques temps déjà. Ils buvaient dans des gobelets en plastique bon marché. Un pichet de bière ornait le centre de leur table telle une fontaine. La musique ambiante était de The Eagles. L'endroit empestait la cigarette et les hamburgers. C'était la routine.

Lenny fouilla du regard les alentours à la recherche de quelqu'un – n'importe qui – à qui il pourrait faire du gringue. Plus il buvait, plus il ressemblait à un personnage louche et suspect, à la manière d'un détraqué sorti d'un vieux thriller hollywoodien au regard fuyant et aux mains jointes.

— Comment ça se passe avec Lynn ? demanda-t-il.

Il ne semblait pas vraiment intéressé par la réponse.

— Génial, répondit Chip. Ça se passe bien. Elle est cool.

— T'as pas l'air convaincu. T'as l'impression d'être en cage ?

Chip n'avait pas très envie de se dévoiler à Lenny mais celui-ci semblait de toute façon trop occupé à chasser les filles du regard en remuant sur sa chaise pour l'écouter vraiment.

— Peut-être, marmonna Chip dans sa barbe.

Quand il releva les yeux de la table, Lenny l'observait, prêt à entendre son récit.

— Je pense… Je pense que cette relation n'était peut-être pas une bonne idée pour Lynn et moi. C'était une expérience, et elle a échoué.

— Je croyais que t'aimais ça. Tu disais qu'avoir quelqu'un avec qui passer tes vendredis rendait ton séjour dans cette petite ville supportable.

— Je sais ce que j'ai dit. Inutile de me le rappeler. C'est juste que…

Il fit de grands gestes autour de lui. De manière générale, la ville n'était pas réputée pour ses jolies femmes mais, avec la reprise des cours, quelques-unes de ses plus magnifiques collègues féminines étaient de retour.

— Tu t'ennuies avec elle, hein ?

— Lynn est une grande dame. Elle est prévisible, sans risque. Exactement le genre de femme avec qui je devrais finir. J'aime mes petites habitudes et elle s'y adapte parfaitement.

Il posa bruyamment son gobelet désormais vide sur la table.

— Mais, bon sang, je suis un mâle. Je dois explorer cette virilité, tu vois.

— Je sais, mon frère. Je sais.

Le regard de Lenny était posé sur une mignonne petite blonde postée devant une console de jeu.

— Je ne sais pas. J'y attache trop d'importance. Peut-être que c'est ce que tous les mecs ressentent quand ils commencent à se caser.

Chip se resservit un verre de bière.

— Parfois, je me dis que ce serait plus facile d'être gay, dit Lenny. Mais je ferais un gay atroce. Regarde comme je m'habille ; je ne me taperais personne.

— Quel cliché ! Je connais des gays qui s'habillent aussi mal que toi.

— Va te faire foutre, Coach ! lança Lenny en souriant. Je n'apprécie pas les gays qui me ressemblent. Je préfère les vraies folles.

— Tu es un idiot. J'te connais assez pour dire qu'aucun homme ne serait attiré par toi.

— Je pourrais me faire un gay.

Lenny semblait offensé. S'il comptait sur l'entraîneur pour être rassuré, c'était raté.

— Non. Tu ne pourrais vraiment pas.

2

— Et l'ami de Lynn – le nouvel aumônier – il n'est pas gay ?

— Il me semble. Je ne l'ai pas encore rencontré mais ça ne devrait plus tarder, vu qu'elle m'a demandé de l'aider à transporter de nouveaux bancs dans la chapelle.

Chip se voyait comme un mec progressiste. Il avait grandi dans une petite ville conservatrice mais il appréciait les hommes gays. Il les laissait toujours lui donner un coup de main dans les boutiques de vêtements et les autorisait même à toucher ses biceps. Les gays savaient combien il était dur de garder la forme.

— Toi ? Dans une chapelle ? C'est un cauchemar éveillé.

Lenny fit un signe de tête à l'une des serveuses postée derrière le bar. Elle avait l'air encore plus désespérée que lui.

— Tu crois que j'ai une chance avec elle ?

— Autant que n'importe qui.

Chip but un coup.

— Je vais rentrer chez moi. Tu me raconteras comment ça s'est passé.

— Mais je ne suis pas sûr qu'elle…

— Fonce. C'est ma devise. Fonce. Comme ça, tu le sais tout de suite et il n'y a pas de doutes. Les doutes provoquent insomnies et ulcères. Ce sont mes adieux emplis de sagesse à ton égard, mon ami.

Chip se leva et jeta quelques dollars sur la table pour payer sa bière.

— À toi de voir : soit tu vas chercher la réponse de suite, soit tu choppes un ulcère plus tard.

Lenny était encore assis quand Chip partit. Chip ne comprenait pas les gens qui laissaient les choses se faire à défaut de savoir se décider. Il avait toujours détesté les incertitudes et les situations à suspense en tout genre. C'était pour ça qu'il ne regardait pas les séries télévisées avant de pouvoir les voir en entier quand *lui* le désirait. Et les trilogies cinématographiques ? Oubliez ça. Il attendait que les trois films soient disponibles en DVD ou en téléchargement. La vie était bien plus facile quand il contrôlait la moindre petite chose qu'il lui était permis de contrôler. Des questions courtes et des réponses simples. C'était tout.

… tout le reste…

UNIVERSITÉ DE Verona.

Le nom était aussi poétique que le lieu. Foster Lewis était ravi qu'on lui ait offert le poste d'aumônier ici. C'était un petit campus, une de ces institutions privées dans lesquelles étudiants et enseignants s'appelaient par leurs prénoms et traînaient même ensemble durant les week-ends. Il y avait de l'architecture Georgienne, des haies ressemblant à des sculptures (cela s'appelait de l'art topiaire, s'il ne se trompait pas) et un véritable zoo d'affectueuses petites créatures sauvages. On pouvait passer à côté d'un écureuil sans que l'adorable petite chose ne bronche.

L'Université de Verona était un endroit encore plus paisible que le séminaire. Évidemment, celui-ci était situé au milieu d'une ville. Là-bas, aucun espoir de tranquillité. Pourtant, l'atmosphère du séminaire avait été sereine. Mais cela devait avoir un rapport avec la nature de l'endroit. Le calme de Verona... eh bien, il semblait plus prégnant. Ici, ce n'était pas paisible parce qu'on s'attendait à ce que ça le soit. L'Université de Verona était paisible parce que *c'était comme ça*. Les étudiants et le corps enseignant avaient trouvé un rythme en accord avec l'univers naturel environnant, et cela imprégnait les lieux. Pas uniquement les couloirs des bâtiments, comme au séminaire, mais aussi les allées et les chemins en bois sur chaque colline et goulet.

Bien sûr, cette façon de penser était due à l'air frais enivrant et aux nouvelles sensations que Foster expérimentait. La nouveauté du « nouveau » s'estomperait avec le temps et Foster connaissait la nouveauté. Il était lui-même une sorte de nouveauté. Du moins, c'était comme ça qu'il était apparu aux yeux de Barry.

Quelle débauche ! Je fréquente un pasteur ! Admire un peu mon audace.

Les sentiments de Foster pour Barry étaient devenus plus profonds que ça mais, finalement, cela ne comptait pas. Barry était passé à autre chose. Il était passé à la porte d'à-côté. Un nouveau voisin sexy avait emménagé dans son immeuble, quelqu'un qui apportait encore plus de nouveauté que Foster : un jeune Amish de dix-neuf ans. Foster avait quitté l'immeuble dès qu'il en avait eu l'occasion. Comment aurait-il pu entrer en compétition avec Jacob ou Jebediah ou quel que soit le nom du garçon ? Il était Amish. Il faisait des meubles magnifiques et construisait des étables. Foster n'était même pas capable de choisir des meubles de salon assortis.

Il s'était convaincu que c'était pour le mieux. De plus, malgré les atouts de Barry, il avait discerné quelques côtés égoïstes chez lui. Foster ne se souvenait pas avoir réellement ressenti du plaisir dans leurs relations intimes. Bien sûr, il y avait eu des orgasmes, mais c'était tellement vite fait et oublié qu'après coup Foster se sentait légèrement utilisé. Pour lui, une relation impliquait un épanouissement émotionnel et spirituel. Ce n'est qu'une fois leur relation terminée qu'il avait réalisé que Barry n'avait été intéressé que par une zone très localisée d'épanouissement. *Extrêmement* localisée. L'idée de Foster de s'installer dans une relation de type « ils vécurent heureux » avait été mise en pièce. Il en portait aujourd'hui les fragments brisés où qu'il aille.

Il y avait un autre bon point concernant l'Université de Verona : il n'y avait pas d'hommes. Du moins aucun qui pourrait l'intéresser. Bien sûr, il n'avait pas encore rencontré tout le corps enseignant, mais du moment que Gerard Butler ne postulait pas dans cette école, Foster était quasiment sûr d'être à l'abri de toute distraction. La vie l'avait assez déconcentré jusqu'à présent.

La chapelle était située près du fleuve. De la fenêtre de son bureau, Foster pouvait voir les péniches et les petits bateaux passer devant le campus. C'était une jolie petite chapelle, prêtée pour des mariages en été et pour d'autres festivités tout au long de l'année. Il s'imaginait qu'on lui demanderait de célébrer quelques-uns de ces événements. Tandis qu'il s'approchait, il vit les nouveaux bancs alignés à l'extérieur sur le gazon ; les vieux étaient tombés dans un état de délabrement extrême. La plupart de ceux qui venaient aux services restaient debout, lui avait-on dit, de crainte de se retrouver avec des échardes dans les fesses. Au moins, comme ça, ils ne risquaient pas de s'endormir.

Des étudiants passaient devant lui, certains affichant des sourires amicaux, d'autres semblant remplis de culpabilité et l'observant avec une mine abattue – ça arrivait souvent lorsqu'il portait son col. La gente féminine de l'université était des plus agréable avec lui. Foster était un « canon de Dieu », comme une fille pas très maligne l'avait dit. Leurs regards, limite lascifs, le rendant un peu mal à l'aise, il remonta ses lunettes à montures noires sur l'arrête de son nez comme si elles en avaient glissé, passa ses cheveux noirs derrière ses oreilles et se dirigea vers le porche entouré de colonnes de la petite chapelle en essayant d'éviter le contact visuel avec elles. D'ici, il regarda par-delà l'immense carré de pelouse centrale qui constituait le cœur de l'école. Les étudiants se dispersaient sur l'herbe et les trottoirs en se rendant en classe. C'était un jour nuageux : Foster voulait rentrer les bancs à l'intérieur de la chapelle avant qu'il ne se mette à pleuvoir. On lui avait promis de l'aide qui, il l'espérait, ne tarderait pas à venir.

Foster Lewis était un homme optimiste. Ceci, pensait-il, était une excellente décision. Oui. L'une des rares.

LE FOOTBALL est un sport d'extérieur. Jason Jordan détestait quand l'entraînement avait lieu dans le gymnase juste parce qu'il *risquait* de pleuvoir. Tous les gars détestaient ça. Personne ne se souciait d'être trempé : après tout, ils étaient des joueurs de foot. Cependant, il y avait un bon côté à s'entraîner en intérieur : le Coach Arnold portait un short moulant. N'importe quel autre entraîneur aurait eu l'air d'une caricature là-dedans mais le Coach Arnold… cet homme savait porter ces satanés shorts ! Quand ils s'entraînaient en extérieur, l'entraîneur portait ses habituels survêtements ou un costume. Mais les jours d'entraînement musculaire, c'était des shorts de sport en maille, qui brillaient sous les lumières fluorescentes et qui enserraient étroitement les cuisses fermes de l'entraîneur comme un jambon de Noël dans son filet.

Mmmh. Du jambon. Jason réalisa soudain qu'il avait faim.

L'équipe était assise en rang sur le sol du gymnase. Ils venaient juste de terminer leurs séances d'abdominaux, la partie la plus ennuyeuse de l'entraînement musculaire, et l'entraîneur continuait à expliquer ses trucs. Jason n'y portait pas beaucoup d'attention. Il était captivé par les cuisses du Coach Arnold. Il se pencha en arrière pour s'appuyer sur ses mains, les jambes étendues devant lui, ses fantasmes débridés le faisant saliver. Il était certain de ne pas être le seul. L'entraîneur avait une bosse dans son short qui ne pouvait être ignorée.

À côté de lui était assis son meilleur ami, Brad Park. Brad était un léger fauteur de trouble. En fait, ils l'étaient tous les deux, mais Brad avait encore plus la tête de l'emploi. Il avait un sourire idiot et un air malicieux. Jason était une sorte de trouble-fête plus rusé. C'était son apparence qui lui permettait de s'en sortir la plupart du temps : des yeux doux, une crinière d'adolescent. Les yeux de Brad exprimaient une sorte de candeur fourbe et ses cheveux étaient coupés ras. Les deux étaient meilleurs amis depuis leur entrée à l'université, s'étant rapidement découvert comme intérêts communs les films de série B et la musique country. S'ils n'étaient pas les types les plus populaires du campus, ils n'en restaient pas moins appréciés. Le Coach Arnold avait l'air de bien les aimer et c'était tout ce qui comptait. *Tu te mets dans les petits papiers de l'entraîneur et tu es tranquille.* Le père de Brad et sa demi-douzaine de frères le lui avaient dit.

6

Brad avait fréquenté quelques filles mais aucune ne semblait pouvoir supporter ses blagues trop longtemps. Il n'était ni surpris ni particulièrement blessé quand une relation se terminait. À la fin d'un rendez-vous minable, il retournait toujours dans son dortoir, sachant que son meilleur pote, Jason, l'attendait sûrement avec une copie d'un film sombre et tordu rempli de mauvais effets spéciaux et un paquet de cookies tout juste ouvert.

Jason était le genre de mec qu'on invitait partout. Il rencontrait pas mal de succès mais ça ne l'intéressait pas plus que ça. Il avait plein d'amies mais pas de petites amies. Il n'en avait d'ailleurs pas eu une seule depuis qu'il était ici, même si Brad savait qu'il avait fréquenté au moins une fille avant l'université. Pourtant, rien de tout ça n'importait. Quand Jason et Brad étaient seuls dans leur chambre, ils s'éclataient à regarder des films et à se goinfrer de cochonneries. *Profitez-en*, leur avait-on dit. *Votre métabolisme vous trahit en vieillissant. Et ce n'est que la première étape.*

Parfois, ils se battaient… enfin, souvent. Après tout, ils étaient dans l'équipe de lutte quand ce n'était plus la saison du football. Évidemment, quelques gars dans le bâtiment – en particulier ceux de l'étage d'en-dessous – trouvaient leurs combats nocturnes plutôt agaçants.

L'esprit de Jason dériva vers l'un de ces matches nocturnes pendant que l'entraîneur parlait. Ce n'était plus l'entraîneur qui le faisait baver tandis qu'il était assis sur le sol du gymnase, mais Brad. L'entraîneur n'avait fait qu'enclencher une salivation temporaire ; Brad envahissait les pensées de Jason depuis environ un an maintenant. Après avoir senti l'érection de Brad la nuit dernière pendant qu'ils se frottaient l'un contre l'autre dans un match improvisé, il en avait déduit que Brad ressentait la même chose. Pourtant, personne n'avait abordé le sujet le lendemain matin. De toute façon, Jason n'était pas du genre loquace ; pourquoi gâcher sa salive en bredouillements embarrassés ?

Jason entendit Brad ricaner. Il se pencha sur l'épaule de Jason et pointa du doigt son entre-jambe ragaillardie.

— Mec ! dit-il. Fais gaffe à la trique.

Sans surprise, le sexe de Jason était au garde-à-vous, étirant son propre short en maille. Il profita de l'instant, haussant les épaules en souriant.

— Jaloux ?

— Merde ! Je te bats à ça et tu le sais.

Il tendit la main vers son propre short comme s'il allait sortir l'engin. Jason adorait ce sourire présomptueux. Brad était un bouledogue, mais

7

c'était un bouledogue au cœur tendre. Pourtant, il ne montrait pas cet aspect de lui à grand monde.

— Les gars ! intervint l'entraîneur. Quelque chose ne va pas ? Je vous ennuie ?

Il possédait une de ces voix capables d'évacuer un stade.

— Jason a la gaule, Coach ! lâcha Brad.

Des ricanements et des éclats de rire plus francs jaillirent au milieu des joueurs.

— Faites attention, les gars, ordonna l'entraîneur aux trouble-fêtes.

— C'est ce que je fais, monsieur, dit Jason avec un sourire.

Il fit un signe de tête vers son érection qui commençait à retomber.

L'entraîneur leur lança un regard signifiant « vous ne grandirez jamais, vous deux ».

— Bon, tout le monde. À la douche. Souvenez-vous, entraînement demain à seize heures sur le terrain… à moins qu'il pleuve.

Le gymnase s'emplit de soupirs de soulagement et de couinements de gomme de chaussures. La plupart des gars mourraient de faim.

— Vous deux, dit-il, en pointant Jason et Brad à l'aide du magazine de coaching roulé qu'il semblait toujours avoir en main.

Les garçons se demandaient s'il le lisait vraiment.

— Je dois vous parler.

— Écoutez, Coach, commença Jason. Je suis désolé. Quelquefois, je me laisse juste distraire. Vous savez ce que c'est. Ça a sa propre vie. Si vous voulez, je peux porter un bandage.

— Je ne veux pas te parler de ta queue, Jason. J'ai un service à vous demander.

— Tout ce que vous voulez, Coach, répondit Brad. Qu'est-ce qu'on peut faire pour vous ?

— Le nouvel aumônier a besoin d'aide pour transporter des bancs à l'intérieur de la chapelle. Je me demandais si ça vous ennuierait d'aller làbas avec deux autres gars pour vous en charger.

— Ah. C'est un service pour votre petite femme ? demanda Brad avec un clin d'œil tout en envoyant un coup de coude dans les côtes de l'entraîneur.

Le Coach Arnold lui tapota l'épaule avec amusement.

— Lynn n'est pas mon épouse. L'aumônier est un de ses amis. Elle a juste demandé un service, c'est tout.

— Coach, je meurs de faim, se plaignit Jason en se frottant l'estomac pour attiser sa compassion. Ça ne peut pas attendre après le repas ?

— Ramenez vos fesses là-bas pour aider.

— Je croyais que c'était un service ! s'écria Brad.

— C'en était un. Maintenant, c'est un ordre. Filez, voyous ! J'arrive dès que j'aurais fermé le bureau.

Les garçons s'en allèrent, Brad chahutant Jason en chemin, riant et plaisantant pendant tout le trajet. Le Coach Arnold – Chip pour les intimes – se rappelait cette époque-là. L'époque où tout était plaisanterie ou pouvait en devenir une. Jason et Brad étaient particulièrement doués pour transformer n'importe quelle situation en occasion de rire. Il les aimait bien tous les deux. Ils étaient toujours là quand il avait besoin d'aide pour quoi que ce soit. En fait, il s'adressait toujours à eux en premier. Ils arrivaient facilement à discuter, négocier ou embobiner leurs coéquipiers pour se mettre au travail.

Ils appréciaient Lynn. L'entraîneur pensait qu'ils appréciaient Lynn plus que lui. Elle était jolie et gentille. Très aimable. Un professeur de littérature de l'université. Sa « petite femme » ? Non. Il n'arrivait pas à se voir avec elle à long terme. C'était juste un « truc ». C'était une expérience, un test. Du moins, ça l'était pour lui. Il se doutait qu'elle le voyait de la même façon. Il était certain de sentir un léger mouvement de recul quand ils s'embrassaient, comme si elle hésitait. Mais pourquoi hésiterait-elle ? Il embrassait vraiment très bien. Et il était attirant… non ? Il n'en était plus aussi sûr. Il était à l'Université de Verona depuis quelques années maintenant et la plupart de ses soirées avaient été bien monotones. Il était sorti avec d'autres femmes en plus de Lynn mais ça n'avait toujours été que sexuel. Parfois, ce n'était même pas du sexe torride. Barrez ça : la plupart du temps, ce n'était même pas du sexe torride. C'était du sexe de cambrousse, sans oxygène. Il sentait qu'il s'enlisait dans une routine mais il ne savait pas pourquoi ni comment en sortir.

Son bureau était un vrai foutoir. Entraîner ne lui laissait pas beaucoup de temps pour ranger. Des livres et des papiers traînaient sur les chaises, et le bureau ressemblait à une zone sinistrée. Il envoya le magazine de coaching rejoindre le reste du bordel.

N'importe qui aurait pensé qu'avec la quantité de fatras qu'il accumulait, le simple désordre de son environnement signifiait qu'il vivait une vie excitante et mouvementée. N'importe qui aurait tort. Parfois, il n'arrivait pas à distinguer le lundi du vendredi. Certains jours, tout semblait se mélanger. Il était conscient de sa contradiction. Il aimait l'ordre et la routine. Il avait été élevé pour apprécier ça. Mais trop de la même chose tous les jours commençait à le faire se sentir vieux. Seule l'équipe valait le coup. Avec l'équipe, il y avait de quoi se concentrer. Il ne remarquait pas que les heures passaient.

Lynn était bien. Mais c'était tout. « Bien » était une autre façon de dire « mouais, pourquoi pas ? ». Il n'y avait aucune passion dans leur relation et ils le savaient tous les deux. Qu'avaient-ils fait la nuit dernière ? Ils s'étaient rendus dans son appartement à lui, hors du campus, et avaient regardé un film… assis à chaque extrémité du canapé. Ils ressemblaient à un couple marié qui aurait fini par se lasser l'un de l'autre. Pourtant, Chip devait admettre que ce n'était pas de sa faute à elle. Il se lassait facilement. Toute sa vie, il s'était lassé. Cela avait été une longue course pour parvenir à la chose suivante, parce que la chose suivante devait être mieux que l'actuelle.

— Hé, Coach Beau Cul.

Les mots lui parvenaient du pas de la porte, là où se tenait Katie Hammond, l'entraîneur de course féminine. Elle portait son habituel ensemble de jogging. (Une des raisons pour lesquelles elle appréciait tellement Chip était qu'il s'habillait modestement. Certains jours, il était aussi mal fagoté qu'elle.) Ses cheveux blonds étaient attachés en une queue de cheval un peu trop serrée, un look qui ne flattait pas son visage carré. Pourtant, elle était elle-même : une ancienne fille de ferme qui parlait fort, aimait s'amuser et se foutait royalement de ce qu'on pensait d'elle. Chip admirait ça. Elle était plus petite que la plupart des membres de son équipe et ressemblait davantage à une lutteuse qu'à une passionnée d'athlétisme. Chip le lui avait fait remarquer une fois dans un bar, alors qu'ils étaient tous les deux bien bourrés. Elle lui avait presque cassé le nez.

— Hé, Katie. Quoi de neuf, poulette ?

— Tu veux manger un morceau ? Je t'invite.

— Désolé de te le rappeler mais nos repas sont gratuits.

— Eh bien alors, c'est encore mieux pour moi, hein ? Qu'est-ce que t'en dis ? demanda-t-elle en gesticulant impatiemment comme si elle voulait absolument le faire sortir.

— J'peux pas. J'ai promis d'aider à transporter les nouveaux bancs dans la chapelle. Mais tu peux m'y conduire dans ta voiturette de golf, si ça ne t'ennuie pas.

Il verrouilla la porte de son bureau tout en parlant.

— Avec grand plaisir, répondit-elle en lui prenant le bras. Tu as trouvé Dieu, alors ?

— Non, juste ses bancs. Quelqu'un les a laissés devant la chapelle.

— Les cons.

La voiturette de golf de Katie était un caprice qu'elle avait payé de sa poche. L'université avait autorisée la jeune femme à conduire sur les trottoirs et les routes du campus après qu'elle eut expliqué que, en raison de ses genoux bousillés à l'époque où, étudiante, elle avait conduit l'Université de Verona à la victoire, elle ne pouvait pas marcher sur de longues distances sans avoir extrêmement mal. Ce qui était complètement faux. Elle avait juste eu très envie d'une voiturette de golf et le campus était l'endroit idéal pour en profiter pleinement.

Chip s'accrocha au toit du véhicule quand ils descendirent du trottoir. Il était monté en voiture avec elle suffisamment de fois pour savoir que ne pas s'agripper était un bon moyen d'obtenir un passeport pour l'infirmerie. Katie conduisait sa voiturette de golf comme n'importe qui l'aurait fait dans un petit campus : comme une dingue. Elle pensait que si vous étiez assez intelligent pour intégrer l'Université de Verona, vous étiez assez intelligent pour savoir qu'il fallait se pousser de son chemin quand elle jouait du klaxon. Elle avait été réprimandée par des membres du corps enseignant de nombreuses fois… enfin, ceux qu'elle visait personnellement en tout cas. Et bon sang, elle les visait réellement ! Il y avait quelques professeurs qui l'agaçaient tellement que lorsqu'elle les voyait se diriger vers leur classe ou en sortir, elle fonçait en faisant vrombir le moteur jusqu'à ce qu'elle soit sur leurs talons et qu'ils se mettent à courir en jurant. Elle en avait même poursuivi quelques-uns autour de la pelouse centrale sous les hourras des étudiants. Chip ne l'admettrait jamais à voix haute mais il avait adoré en être témoin. Une fois, il avait même été sur le siège passager quand elle s'était mise à la poursuite de sa proie. Cela avait été merveilleux ! Le temps fort de sa semaine.

— C'est la boîte de vitesses, disait-elle toujours. Cette fichue boîte accroche. C'est une vieille voiturette. Tout ce que je pouvais me payer. Je la ferais réparer un jour.

Selon elle, quelqu'un d'assez crédule pour la croire ne méritait pas sa place d'enseignant. Mais c'était un excellent entraîneur, celle qui rapportait le plus de médailles de tout l'État. L'université ne pouvait pas se permettre de la perdre au profit d'un autre compétiteur. De plus, ils avaient peur de ce qu'elle pourrait leur faire si jamais ils la viraient.

11

— Hé, dit-elle à Chip tandis qu'ils dépassaient des professeurs et des étudiants prudents. Tu as rencontré le nouvel aumônier ?

Il y avait une touche de mystère dans sa voix, comme si elle savait quelque chose qu'il ignorait.

— Non. C'est un ami de lycée de Lynn.

— Un amoureux ?

Elle le regarda du coin de l'œil, avec un amusement mesuré.

— Je ne sais pas. Je ne crois pas. Je veux dire, c'est un aumônier, non ? Ne sont-ils pas tous mariés avec leur église ?

— Oh là, on ne sait jamais de nos jours.

Puis elle s'écria :

— Oh !

— Quoi ? Qu'est-ce qu'il y a ?

— Voilà cette garce de professeur Grenouille de Bénitier ! Mes freins viennent de lâcher…

Foster balayait les marches de la chapelle en attendant que l'aide promise arrive. Il avait fini de nettoyer l'intérieur de la chapelle, chassant avec application la poussière et les débris vers l'extérieur, même si le sol était si vieux et taché que personne ne verrait la différence. Qui savait depuis combien de temps cette poussière traînait là ? C'était presque une erreur de s'en débarrasser dans l'air pur du campus.

Quelques étudiants et professeurs s'étaient arrêtés pour dire bonjour et se présenter. Il les avait salués avec différents degrés de plaisanterie et de malaise. Certains ne savaient pas comment se comporter devant les autres. D'autres étaient juste mal dans leur peau et devaient se forcer à faire des efforts d'un point de vue social. Foster appartenait à cette catégorie mais il faisait de son mieux.

Alors qu'il faisait disparaître la dernière trace de vieille poussière des escaliers, le président de l'Université de Verona, Wendell Hall, annonça son arrivée par un joyeux « Bonjour, bonjour ! ». Wendell se dandinait plus qu'il ne marchait. C'était un homme corpulent plein d'excentricités. Celle que Foster trouvait la plus intéressante et la plus amusante était la façon dont l'homme bégayait le mot « bon » à chaque fois qu'il était nerveux ou pris par surprise. « Bon, bon, bon, bon, bon, je ne sais pas si c'est une bonne idée » ou « bon, bon, bon, bon, bon, sommes-nous sûr de vouloir inviter précisément ce groupe à venir jouer à la fête ? ».

— Bonjour, monsieur, répondit Foster en déposant le balai contre une colonne. Le temps est à la pluie, hein ?

L'aîné des deux hommes regarda le ciel comme s'il venait tout juste de remarquer cette éventualité.

— Ma foi, oui. Il se pourrait qu'il pleuve. Comment se passe votre installation ?

Il se tenait devant l'aumônier en se balançant sur les talons, les mains enfoncées dans les poches. Il respirait comme un tuyau bouché.

— Bien. J'attends juste des renforts pour transporter les bancs à l'intérieur.

Wendell sembla surpris en voyant les bancs, comme s'ils venaient d'apparaître d'un seul coup.

— Oui, oui. Ce serait probablement mieux de les avoir à l'intérieur.

Il se pencha en souriant et ajouta :

— Vous ne voulez pas avoir ces maudits administrateurs sur le dos pour ne pas avoir pris soin des affaires pour lesquelles ils vous ont alloué de l'argent.

Pause.

— Je viens tout juste de dire « maudit » à un homme de Dieu. Quel maudit idiot je fais !

Foster ne put s'empêcher de rire de cet homme charmant.

— Ne vous en faites pas. Il n'y a rien de mal à quelques jurons bien placés.

Cela fit sourire Wendell.

— Vous avez sacrément raison ! Brave homme.

— Je voulais vous remercier une nouvelle fois de m'avoir offert ce poste. Je ne sais pas où je serais allé si ça n'avait pas fonctionné.

— Eh bien, vous êtes arrivé hautement recommandé. Le professeur Hewes dit le plus grand bien de vous.

Ses yeux dévièrent vers le sol et son front se plissa sous la réflexion.

— Est-ce que tous les deux, euh… Enfin… Bon, bon, bon…

— Non, monsieur. Pas du tout.

Wendell grogna et hocha la tête. C'était la fin de *ce* sujet d'interrogation.

Une voix forte, mais néanmoins élégante, attira leur attention. « Foster ! » s'écriait-elle. Le professeur Lynn Hewes coupa à travers la pelouse carrée pour venir vers eux. Elle avait de la chance qu'il n'ait pas encore plu ou ses talons auraient été engloutis par la terre.

— Avant, c'était interdit, expliqua Wendell en aparté.

— Pardon ?

— Couper à travers la pelouse. Ce n'était pas autorisé quand l'université a ouvert ses portes. C'était une règle établie pas ces maudits administrateurs.

Lynn était une femme charmante, féminine et souriante. Elle avait de grands yeux pétillants qui rappelaient à Foster les actrices qu'il avait vues dans de vieux films muets. Son regard était très expressif. Il l'avait déjà vue pleurer comme une madeleine auparavant. Ses cheveux roux étaient disciplinés par un brushing au style rétro chic, pointes à l'extérieur. Elle portait une petite serviette dans une main et son sac à main sur l'épaule opposée. Ses talons s'enfonçaient vraiment dans l'herbe alors qu'elle s'approchait rapidement.

— Foster ! Tu n'es pas tout excité ? Tu vas réaliser ton premier sermon à l'Université de Verona ce dimanche.

C'était une question rhétorique. Elle regarda le président.

— Bonjour, Wendell.

— Professeur Hewes, grogna-t-il en réponse.

— Wendell me tenait compagnie jusqu'à ce que l'aide arrive, expliqua Foster.

— Ils ne devraient plus tarder, les informa Lynn. J'ai demandé un coup de main au Coach Arnold. Il va venir avec quelques-uns de ses joueurs.

— Eh bien, alors ces bancs devraient très rapidement se retrouver à l'intérieur, répondit le président. Je devrais retourner à mon bureau. Je suis sûr qu'on m'a apporté des choses à faire.

Sur ces paroles, il s'excusa poliment et partit en se dandinant, les mains toujours profondément enfoncées dans les poches, ce qui lui donnait l'allure d'un très gros canard.

Foster et Lynn s'assirent sur les marches de la chapelle.

— C'est le fameux entraîneur que tu fréquentes ? demanda Foster.

— Celui avec qui je sors, oui. Même si je ne peux pas dire pour combien de temps encore.

Elle agrippa la serviette posée sur ses cuisses.

— Tu veux en parler ?

Elle baissa la tête et se mordit la lèvre, comme si elle réfléchissait sérieusement à la question.

— C'est un homme vraiment gentil. Très doux. Mais il manque juste un truc.

— Le sexe n'est pas assez torride ? Ce n'est pas le dépravé que tu croyais ?

Lynn rigola, faussement choquée, et donna une claque sur l'avant-bras de Foster.

— Le sexe est génial… enfin, bien. Sympa. Le sexe est sympa. Ça pourrait être génial si j'étais une autre femme. Je crois juste qu'on n'est pas si attirés que ça l'un par l'autre. Pourtant il a des jambes comme des troncs d'arbres.

— Eh bien, c'est quelque chose ! Très sexy.

— Oui. Mais ce n'est pas assez. En plus, regarde mon visage.

Foster ne voyait rien qui clochait sur son visage, excepté une petite rougeur autour de la bouche. À peine visible.

— C'est aussi charmant que d'habitude.

— C'est une horrible irritation. À chaque fois qu'on se roule une pelle, je m'éloigne. Il a le poil dru et j'ai la peau sensible. C'est un signe.

— Davantage de crème hydratante ?

— Je m'hydrate dix fois par jour. Je suis un véritable pain de Dove, soupira-t-elle. Et toi ? Pas de nouveau mec ?

— Non. Pas depuis un moment maintenant. Pas même un rencard. J'ai failli rejoindre un monastère.

— Ma foi, peut-être qu'on pourra t'en trouver un par ici.

Le ton de sa voix trahissait ses doutes.

— Je ne cherche pas.

Foster se demandait si ce n'était pas une bonne idée de rester célibataire pour le reste de sa vie. Les relations amoureuses posaient tellement de problèmes. S'il rejoignait effectivement un monastère, il pourrait concentrer tout son amour sur la fabrication du miel ou du pain. Il serait le boulanger le plus passionné du monde.

— Alors, ils sont où ces joueurs de foot ? ajouta-t-il.

Il n'y avait que Brad pour imaginer chanter des cantiques durant le trajet jusqu'à la chapelle. Jason trouva cette idée délirante et persuada les trois autres joueurs de chanter en chœur. Même Trevor Moore. (Bon, ça ressemblait plus à des menaces qu'à de la persuasion.) Et chanter, c'est ce qu'ils firent. Avec autant de force qu'ils le purent. Sans le moindre rire, ils dépassèrent des étudiants moqueurs en chantant « Alléluia » en clé de faux. Ils frappaient des mains et criaient les paroles à chaque passant. C'est ce que Jason adorait chez Brad : sa capacité à prendre chaque moment et à en extraire la moindre goutte de rigolade.

— Bravo, mes frères, lança Brad, enfin fatigué d'hurler. Je pense que nous avons changé quelques vies ici aujourd'hui. Loué soit le Seigneur !

— Loué soit le Seigneur ! reprit Jason en écho.

Trevor Moore, ne souhaitant pas arrêter les louanges, commença une reprise de « Chapel of Love » qui fut sommairement réduite au silence par un coup d'œil de Brad.

— T'es qu'un crétin, mon vieux, dit Brad.

— Quoi ? Pas encore prêt à annoncer au reste du campus tes prochaines noces avec Jason ?

Trevor était sympa à petites doses – ce que beaucoup pensaient aussi de Brad – mais la plupart du temps Brad ne voyait en lui rien de plus qu'un suiveur. Les suiveurs étaient supportables tant qu'ils savaient où était leur place : suivre. Faire plus était le summum de la crétinerie du point de vue de Brad.

Brad se tourna pour frapper Trevor à l'épaule. C'était un jeu, mais un jeu teinté de menace.

— Putain, ça fait mal ! hurla Trevor.

Les autres gars se mirent à rire.

— Ah, désolé, vieux, répliqua Brad avec sarcasme. C'est juste une tape affectueuse, les gars.

— C'est ce à quoi tu as droit tous les soirs, Jason ?

Trevor frotta son épaule.

— Des tapes affectueuses. Je parie qu'il y va fort, hein ?

Cette déclaration était censée être une plaisanterie et tout le monde se mit à sourire et à rire, mais cela fit réfléchir Jason. Pour être honnête, Brad ne lui avait jamais vraiment fait mal. Un type du campus sur deux avait reçu au moins une fois un bleu conséquent de la part de Brad, mais pas Jason. C'était une pensée fugace, probablement quelque chose d'insignifiant. Pourtant, quand il regarda Brad après la réflexion de Trevor, il vit dans ses yeux une lueur de gêne comme s'il venait tout juste d'être découvert.

Pour sauver sa réputation, Brad tomba sur Trevor qui, plus petit, l'esquiva avec rapidité.

— Arrête, mec ! Arrête ! Je m'excuse. Punaise !

Cela suffisait pour quelque temps, même si Brad rajouta un autre « crétin » pour faire bonne mesure et affirmer une fois pour toute que Trevor était effectivement un crétin.

Le son familier – et pour certains terrifiant – de la voiturette de golf du Coach Katie attira ailleurs l'attention de tous. Le klaxon nasillard de la voiturette infernale annonça sa présence, alors qu'elle fonçait en direction du groupe d'étudiants, qui s'éparpilla telle une bande d'oiseaux hystériques.

— Dégagez le passage, les garçons, dit-elle en se frayant un chemin avec le Coach Arnold assis sur le siège passager.

— Bougez-vous, les gars ! renchérit le Coach Arnold.

— Sympa ! leur cria Jason. Où est notre véhicule ?

LE COACH Arnold trouva étrange de sentir son cœur faire un bond dans sa poitrine quand il aperçut Lynn debout devant la chapelle. Auparavant, son cœur n'avait jamais bondi en la voyant, mais il y avait quelque chose de différent cette fois. Quelque chose la concernant. Non, ce n'était pas ça. C'était autre chose. Quelque chose autour d'elle, au sens propre du terme, dans la même ligne de mire, mais pas Lynn elle-même. Il réalisa avec confusion que plus Katie et lui approchaient de la chapelle, plus ses yeux étaient attirés par le nouvel aumônier. Il s'agita légèrement sur son siège, ne se sentant pas dans son assiette.

— T'as des fourmis dans le slip ? demanda Katie.

Elle ralentit la voiture et lui permit de descendre. Il la remercia et elle accéléra, traçant à travers le gazon comme si elle conduisait un 4x4.

Chip resta immobile pendant un moment. Son ventre faisait toute sorte de choses étranges. Des choses qu'il n'avait pas ressenties depuis le lycée lorsqu'il était tombé amoureux de Becky Holcomb. Il réussit à détourner son regard de l'aumônier pour le porter de nouveau sur Lynn. Au moins, il gardait un tout petit peu de maîtrise de lui-même.

Mais tout de même, c'était étrange comme tout semblait s'effacer et perdre en importance. Comme il en oubliait même la présence de Lynn. Comme le monde se figeait et que tout ce qui ne concernait pas l'aumônier l'ennuyait autant que la vue d'une mauvaise gravure. Il sentait les bras de Lynn autour de lui et son baiser poli sur sa joue, mais il n'arrêtait pas de jeter des coups d'œil rapides en direction du chapelain. Le vent jouait avec les cheveux de l'aumônier comme pour lui dire : *Regarde ça ! Quelque chose de nouveau pour toi.* Même la voix de Lynn n'était devenue qu'un vague bruit de fond.

L'étourdissement qu'il ressentait s'atténua légèrement quand il entendit Lynn faire les présentations.

— Voici Foster, l'entendit-il dire.

Les noms étaient échangés et Chip était certain que la conversation continuait, mais il ne la suivait pas vraiment.

Foster. Quel joli nom... La pensée le choqua au point qu'il reprit immédiatement ses esprits. *Bon sang, en quoi ça m'intéresse le nom de ce type ? Fait chier.* Son cœur battait aussi fort et aussi vite qu'une fanfare.

Quand il prit la main du chapelain pour la serrer, un léger fourmillement lui parcourut le corps comme si un million de minuscules et adorables petites épingles lui picotait la peau. Il ne put s'empêcher d'afficher un demi-sourire idiot pendant qu'un regard rêveur apparaissait sur son visage. La paume de sa main devint moite et il la retira immédiatement. La brusquerie de ce geste n'échappa ni à Foster ni à Lynn.

— Alors... euh, Foster... D'où venez-vous ?

Lynn le regarda d'un air confus et agacé.

— Chéri, je te l'ai dit. Il vient de ma ville natale, tu te rappelles ?

— Oh... euh, oui.

Son regard passa de Lynn à Foster et il essuya ses mains sur son short.

— En fait, je voulais dire, tu sais, plus récemment.

— Il vient aussi tout juste de te le dire. Tu te sens bien ?

— Quoi ? Oui, ça va.

Son sourire tordu tentait de masquer sa gêne.

— C'est le football. Je suis entraîneur de football...

— Il le sait.

— Trop reçu d'coups sur cette p'tite tête, je suppose.

Il rigola à sa propre tentative d'humour, bientôt suivit par Foster. Mais Chip savait reconnaître un rire de pitié quand il en entendait un. Il sentit son visage devenir écarlate. Pourquoi se souciait-il autant de ce que ce type pouvait penser de lui ?

Cherchant une échappatoire à cette situation, il fut soulagé d'entendre les garçons approcher de la chapelle. Les rebuffades incessantes de Brad sur Trevor ne pouvaient être contenues, même en présence de l'aumônier. Cela donna à Chip une occasion de se racheter aux yeux de Foster. *Pourquoi je m'en soucie ?*

— Brad ! gueula-t-il d'une voix virile et vibrante. Ferme-la !

Il regarda de nouveau vers Foster, attendant son approbation. *Regarde comme je suis plein de testostérone ! Je me suis transformé en maudit clébard ! C'est ridicule. C'est quand la dernière fois que je me suis senti comme ça ?*

Il n'y a eu qu'une seule fois auparavant et c'était avec Becky. Son cœur s'arrêta à cette insinuation. *Oh, bon Dieu, non ! Tire-toi de là, Chip ! Pars tout de suite.*

— En fait, dit Chip, interrompant Lynn au milieu d'une déclaration très intéressante sur la différence entre Upton Sinclair et Sinclair Lewis [1], je ne me sens pas si bien que ça après tout. Je ferais mieux d'y aller… euh, j'ai été ravi de faire votre connaissance, Foster.

— Moi aussi. J'espère que ça ira mieux.

Seigneur ! Il a vraiment l'air inquiet. Ne t'en fais pas, joli… tais-toi ! Va-t'en. Maintenant.

— Tu veux que je t'accompagne ? demanda Lynn.

— Non. Je vais me débrouiller.

L'entraîneur se retira rapidement et se dirigea vers le bâtiment administratif, qui bordait un côté entier de la pelouse centrale. Il essayait de marcher tranquillement et avec assurance, mais il ne faisait que penser à Foster. Quiconque l'observait pourrait très clairement, à condition de savoir où regarder, se faire une idée de ce qui occupait ses pensées à la bosse qui déformait son étroit short en maille.

— Coach ! l'appela Jason. On fait quoi ?

— C'était quoi, ça ? s'interrogea Lynn.

Elle fixait Chip en train de s'éloigner comme s'il était un illuminé croisé dans la rue, le genre de personne dont son père l'avait protégée étant enfant.

— Je… ne sais pas, déclara Foster. Malgré tout, il a l'air très gentil.

— Il l'est. C'est juste que je ne l'ai jamais vu agir comme ça auparavant. Il n'est pas fou. Je te le jure.

— Des cuisses comme des troncs d'arbre, hein ?

— Professeur Hewes, dit Jason.

Les garçons se tenaient alignés comme dans une pub pour Abercrombie & Fitch.

— Vous aviez besoin de nous ?

— Les bancs. Il faut les transporter à l'intérieur.

— Ce serait gentil, merci, sourit Foster.

— Pour vous, beauté, répondit Brad, tout ce que vous voudrez.

---

1 NDT : Upton Sinclair et Sinclair Lewis sont deux romanciers américains connus pour leurs critiques acerbes de la société américaine au début du XXième siècle.

Bon sang, c'était quoi, ça ? Je veux dire, bon sang, c'était quoi ça ?

Ce furent les paroles que l'entraîneur Chip Arnold se répéta tandis qu'il se dirigeait vers le bâtiment administratif du campus. Il était complètement paumé. Il avait l'impression d'être écrasé. Non, pire qu'écrasé. Comme si l'Empire State Building était tombé du haut d'une pile d'une centaine de Sears Tower directement sur lui. C'était ce qu'il ressentait. « Écrasé » n'était pas le mot exact. Même « pulvérisé » ne correspondait pas. Il s'était senti *liquéfié*.

Alors que ses pensées prenaient le dessus et qu'il commençait à sombrer dans l'anxiété, il se rendit compte qu'il marchait de plus en plus vite, jusqu'à presque courir dans le bâtiment devant les quelques étudiants et enseignants alentours. Quoi que ce fût, ça lui faisait complètement perdre son sang-froid. Un type devait avoir un minimum de sang-froid s'il voulait porter un short et des chaussettes de sport en dehors du gymnase. Dans sa vie, tout avait toujours été bien en ordre…

D'accord. Ce n'était pas vrai. Mis à part son bureau et quelques femmes dont il avait brisé le cœur, *presque* tout dans sa vie avait toujours été bien en ordre. C'était une caractéristique qu'il avait héritée de son père. La plupart des pères étaient à cheval sur l'ordre et le fonctionnel, et celui de Chip n'avait pas été différent. En fait, il avait été quasiment obsédé par le fait que chaque chose devait être à sa place et que chaque chose nécessitait cette place pour fonctionner correctement. Chip était d'accord avec ça. Son bureau, supposait-il, pouvait être une manifestation physique de rébellion contre son père, mais c'était une théorie pour un psychiatre qu'il ne rencontrerait jamais en ce bas monde.

Ça, ce n'était pas de l'ordre. Fuir un aumônier était loin d'être de l'ordre. Qui fuyait un aumônier ? Et un aumônier si charmant, aussi, avec…

Non. Tu vois. Je t'explique : j'aime les femmes. J'ai toujours aimé les femmes. J'AIME LES FEMMES ! Les femmes sont superbes. Les femmes sont géniales. J'aime leur apparence, leur odeur, leur démarche. J'aime coucher avec des femmes !

Chip avait ce qu'on appelait « un talent fou avec les femmes ». Il savait exactement comment les attirer dans son lit. Il savait comment les satisfaire et il adorait aussi le faire. Bien sûr, cela paraissait présomptueux mais pourquoi ne pas en être fier ? Il pouvait avoir toutes les femmes qu'il voulait. Lenny le lui avait dit il n'y avait pas si longtemps.

Ces derniers temps, il n'était pas beaucoup sorti en ville, mais c'était parce qu'il fréquentait Lynn… pour ainsi dire. Il faut reconnaître que parfois c'était ennuyeux comme la pluie mais c'était une monotonie familière. Pourtant, ce qu'il venait tout juste d'expérimenter était si étrange, si loin de lui, qu'il avait eu l'impression d'être dans un rêve. Non, un cauchemar. Juste un rêve qui était bizarrement dérangeant… mais plutôt agréable.

Il se rendit à la librairie située au rez-de-chaussée du bâtiment administratif. Là, il pourrait se tapir dans un coin, réfléchir aux choses et trouver une solution sans un déluge d'étudiants pépiant des « hé, Coach » ou de nombreuses invitations à une autre soirée barbante du corps enseignant.

La librairie était vide, à l'exception de la caissière. Chip passa devant des colonnes de livres en jetant un coup d'œil aux titres sans vraiment les lire. Son pouls commençait à ralentir. La pression dans son short faiblissait. Il aurait besoin d'un peu d'action ce soir sinon bonjour les couilles bleues. Il reprenait le contrôle de la situation. Il avait juste besoin de réfléchir.

Il reposa son front sur son avant-bras, appuyé sur une étagère. Il connaissait quelques hommes gays. Il avait un oncle gay. Le frère de son père. Il avait même eu une expérience avec quelqu'un du même sexe à l'université. Qui n'en avait pas eu ? Mais il avait détesté ça. Ça s'était passé avec son meilleur ami un dimanche soir très tard et ça avait été sans aucun doute la pire fellation qu'on lui avait jamais faite. Le malaise entre eux avait mis du temps à se dissiper.

L'estomac de Chip se mit à gargouiller et il réalisa soudain qu'il n'avait pas mangé de toute la journée. C'était ça ! Il avait faim. C'était de là que provenaient son étourdissement et l'accélération de son pouls : il n'avait pas mangé et il était probable qu'il faisait juste un malaise ou un truc comme ça.

Quel soulagement !

Convaincu, il commença à voir les choses plus clairement. La chaleur quitta son visage. Maintenant, il pouvait lire les titres des livres sur les étagères en face de lui, pas seulement les voir en diagonale.

Histoire de l'homosexualité.

Il avait erré dans la section de littérature gay sans le savoir. Rapidement, il quitta la boutique. Le Coach Arnold n'avait jamais fui de toute sa vie… jusqu'à aujourd'hui. Deux fois.

Tandis qu'il montait les escaliers en direction du réfectoire, il ne put s'empêcher de se dire qu'il avait agi comme un idiot. Le pauvre aumônier devait penser qu'il était fou avec ses mains moites et son sourire maladroit.

21

Tout ça parce qu'il n'avait pas pris de petit déjeuner. Pourtant, Chip se demanda s'il n'avait pas vu un brin de cette même maladresse dans les propres yeux du chapelain. Mais c'était impossible, non ? Parce que ça voudrait dire que l'aumônier aurait reconnu en lui ce qu'il se refusait à reconnaître en lui-même. Ou quelque chose comme ça.

II

CHIP ET Lynn étaient assis à chaque extrémité du canapé, cette fois dans l'appartement de Lynn situé sur le campus. Autrefois, la rue où elle et plusieurs autres professeurs habitaient avait appartenu à la ville mais l'université, dans sa grande logique, avait annexé la terre sans plus d'arguments. Maintenant, elle était considérée comme faisant partie du campus. Les maisons avaient une apparence vieillotte. Leur architecture datait de plusieurs dizaines d'années mais n'était pas aussi ancienne que les bâtiments même de l'université. De temps à autre, les eaux usées posaient problème mais, à part ça, il n'y avait pas de plaintes majeures.

L'habitation de Lynn était faiblement éclairée. Cela n'avait rien à voir avec la puissance des ampoules ; les murs absorbaient tellement la lumière que l'appartement serait resté sombre même illuminé par un millier de lampes. C'était un vieil immeuble, autrefois une très grande maison qui avait été séparée depuis en quatre logements. Le mobilier appartenait à l'université et se composait essentiellement de trucs bon marché récupérés aux puces et dans des vide-greniers. Le canapé, lui, avait été acheté à une maison de retraite.

Ils regardaient une des nombreuses compétitions de danse télévisées où des demi-célébrités se donnaient en spectacle et réclamaient de l'attention comme des chiens affamés. Chip détestaient ces programmes. Il ne regardait pas beaucoup la télé mais, quand il le faisait, il préférait la *vraie* télé, pas la télé-réalité. Son esprit était toujours perturbé par les événements de la journée, aussi ne faisait-il pas véritablement attention aux fox-trots et aux valses qui se déroulaient devant lui. Il n'était pas sûr que Lynn y fasse plus attention que lui. Ses yeux étaient *toujours* grands ouverts et émerveillés. C'était cette expression d'innocence qui l'avait dès le début attiré chez elle lors du barbecue rassemblant les employés de l'université l'année précédente. Mais elle n'était pas aussi naïve qu'elle en avait l'air. Son père avait peut-être essayé de conserver pour toujours sa petite fille comme une chose innocente mais Lynn Hewes était une éponge qui assimilait habilement le monde autour d'elle et qui le disséquait en symboles et interprétations. Tous les bons professeurs de littérature étaient comme ça. Quel fut le moment où son père réalisa qu'il ne pouvait pas la protéger davantage ? Avait-elle vu son cœur se briser ? Ses grands yeux étaient une sorte de trahison ; il y avait derrière eux une connaissance que son père ne comprendrait jamais ou ne suspecterait même jamais.

— Est-ce que tu regardes vraiment ce truc ?

Chip s'empara de la télécommande, le pouce déjà posé sur le bouton marche / arrêt.

— Tu veux regarder autre chose ?

Il éteignit la télé.

— Pas vraiment, dit-il avec un sourire charmeur.

Il fit le court trajet entre son bout de canapé et celui de Lynn. Rien de plus qu'un petit bond, vraiment. *Mon Dieu ! Elle a l'air terrifiée.*

— Euh… Tu t'es rasé aujourd'hui ?

Elle se recula légèrement quand il glissa ses bras autours des siens. Elle avait l'air d'un chiot dans un chenil.

— Ce matin, oui. Mais tu me connais, je suis une bête.

Il se mit à grogner pour s'amuser.

Lynn rigola nerveusement. Avant qu'elle ne puisse ajouter autre chose, les lèvres de Chip étaient sur les siennes. Pour elle, c'était comme embrasser du papier de verre.

Chip sentit sa réticence mais elle ne le repoussait pas encore. C'était un bon signe, non ? Oui. C'était bon. C'était tout ce dont il avait besoin. Être avec une femme magnifique.

Pourtant, tout en se faisant cette réflexion, son esprit le trahit. Le visage de Foster lui apparut. Chip sentit son cœur s'accélérer et son sexe se raidir. Il embrassa Lynn plus durement dans le but de chasser cette image par ce baiser, mais ça ne fonctionnait pas. Plus il essayait, plus il pensait au chapelain. Son baiser passionné ne faisait qu'empirer les choses, donnant vie à un nouveau fantasme pour lui : embrasser un autre homme.

Il s'éloigna de Lynn juste au moment où elle s'écarta de lui. Leurs forces combinées le firent atterrir par terre.

— Tu es… joueur ce soir, dit-elle.

— Désolé.

L'excuse semblait déplacée mais il vit l'expression d'absolue contrariété sur le visage de Lynn.

— Tu sais, je crois que je vais aller me coucher de bonne heure ce soir, si ça ne te dérange pas.

Lynn se leva. Chip était toujours par terre.

— Tu peux rester sur le canapé si tu préfères.

Il sourit timidement tandis qu'elle se dirigeait maladroitement vers la chambre, regardant en arrière à chaque pas pour le voir toujours au sol devant le canapé. Bien sûr, il n'était pas près de se lever. Pas avant qu'elle n'ait quitté la pièce. Il avait l'érection la plus dure qu'il avait eue depuis l'université et il n'avait aucune intention de laisser Lynn la voir. C'était le type d'érection qui était tellement dure qu'elle semblait dangereuse. Ça lui rappelait des campagnes de pub pour des médicaments sur les troubles de l'érection. *Que quelqu'un appelle un médecin ! Ça fait quatre heures !* Quelque part, il en était certain, Lynn serait capable d'établir que la raideur de son membre n'avait absolument rien à voir avec elle.

Du côté des cauchemars, tout était sous contrôle. Il n'y avait pas de sang ni de monstres. Il n'y avait pas de têtes coupées ou de corps démembrés. Le cauchemar le plus perturbant de Foster n'était pas un amalgame des divagations de son esprit mais plutôt un souvenir particulièrement précis de sa rupture. Pour être honnête, il aurait préféré quelque chose de plus gore. Ce sentiment était amplifié par la menace cinglante de la plupart des cauchemars : tout le monde rit de la blague sauf vous, car tout le monde rit *de* vous.

Barry se faisait plus distant depuis quelques semaines. Foster ne pouvait pas exactement replacer quand ça avait commencé mais il sentait le lien s'effilocher. Il sentait l'attirance de Barry pour lui décliner. Même le « passe une bonne journée » sous-entendu dans le baiser du matin était distrait. Bien sûr, les baisers étaient toujours muets dans les rêves. En se rappelant le rêve plus tard dans la journée, Foster reconnaîtrait les étranges similitudes entre le baiser de son rêve et le vrai : les deux étaient dépourvus de sentiments.

Pourtant, ce jour-là, Foster quitta l'appartement de l'immeuble sans ascenseur en pensant que tout était normal. Un jour de séminaire comme tous les autres l'attendait. Dans le rêve, pendant qu'il quittait l'appartement, le voisin amish se tenait dehors, à le regarder. Dans la vraie vie, rien de tel ne s'était produit, à moins bien sûr que son voisin ne se soit planqué quelque part. Ça n'en rendait pas moins le rêve encore plus perturbant. Le fait que des gens que vous ne connaissez pas et que vous n'avez jamais vraiment rencontrés aient le regard vide des démons pendant qu'ils observent les

25

vagabondages nocturnes de votre esprit semblait être un aspect universel des rêves et des cauchemars.

C'était sûrement un coup du destin qui avait fait oublier ses clés à Foster. Dans le rêve, c'était à peine mentionné, alors que dans la vraie vie cela avait été « *Zut ! J'ai oublié mes clés.* » Barry rentrait toujours tard le soir – il travaillait pour la compagnie d'eau – aussi Foster avait-il besoin de ses clés pour retourner dans l'appartement en sortant de ses cours. Des regards critiques et des sourires entendus s'imposaient à lui, lui arrivant de toutes parts pendant qu'il faisait le trajet inverse jusqu'à chez lui. Ils savaient mais ils ne disaient rien. Des démons de rêves.

« *Tu peux te réveiller maintenant,* » se dit-il. « *Tu sais comment cela va se terminer.* »

Mais il n'arrivait jamais à se réveiller quand il faisait ce cauchemar. Il le paralysait, comme s'il était dans un cinéma, ligoté à son siège, forcé de regarder une fin injuste et pénible. Tout ce qu'il voulait, c'était regarder ailleurs.

Il s'exhortait d'un « *réveille-toi !* » à chaque pas le rapprochant de l'appartement, accompagné des ricanements audibles de gens qui n'étaient pas même là le jour où les faits s'étaient produits. Même des amis que Foster connaissait depuis des années secouaient leur tête de déception ou le pointaient du doigt d'un air moqueur. Dans ce vaste monde, il était seul.

La rue et l'appartement prirent un aspect cartonné comme un décor de 1, Rue Sésame. En entrant dans l'appartement, les choses semblèrent d'abord normales. Tout était comme il l'avait laissé dix minutes plus tôt – excepté le jean et la ceinture sur le sol du couloir. C'était déconcertant et ce que cela impliquait ne frappa pas immédiatement Foster. La seule réflexion qu'il se fit fut qu'ils étaient trop branchés pour être à Barry. Et puis, dans un déplacement irréel, le jeune Amish d'à-côté apparut, sortant nu de la salle de bain, ses orteils se repliant sur le jean posé par terre tandis qu'il marchait dessus, et il aperçut Foster. Son pénis était raide et il observa Foster de l'autre côté de la pièce sans dire un mot. Ils étaient comme deux chiens qui se seraient rencontrés par hasard sur un étrange gazon. Ils se jaugeraient pendant un moment, puis l'un d'entre eux se mettrait à courir après l'autre.

Barry jaillit dans le couloir, venant de la chambre. « Viens par-là ! » dit-il, attrapant le bras du garçon d'un air espiègle. Puis il vit Foster. Il n'y eut aucune demande de pardon. Juste un regard qui disait à Foster que c'était peut-être de sa faute. Peut-être qu'il aurait dû s'attendre à ce dénouement. « Foster. Désolé, mon vieux. »

Foster parvint enfin à se réveiller. Les excuses insignifiantes de Barry résonnaient à ses oreilles. Foster tremblait de colère et de chagrin. Il s'assit au bord du lit, humilié encore une fois, puis mit sa tête entre ses mains et pleura. Les cauchemars n'étaient pas censés le suivre ici. L'Université de Verona était censée être un nouveau départ. Mais soudain, il se sentit comme partout où il était allé : marqué.

FOSTER ÉTAIT assis dans le réfectoire désert, remuant délicatement sa cuillère dans sa troisième tasse de café en jetant un coup d'œil à l'extérieur de la longue fenêtre. Les cours du matin avaient lieu, aussi n'y avait-il pas beaucoup d'étudiants sur la pelouse centrale. L'université n'en comptait que mille deux cents après tout. Il n'avait qu'un seul cours à donner aujourd'hui. Le reste de son temps lui servirait à rédiger son premier sermon et à prendre ses repères dans la chapelle ellemême. Peutêtre même qu'un étudiant ou deux s'arrêteraient, lui donnant alors l'occasion de travailler sa sociabilité.

Comme son attention était focalisée sur la pelouse extérieure, Foster n'entendit pas Lynn Hewes jusqu'à ce qu'elle s'assoie en face de lui, secouant un peu la table lorsqu'elle posa son plateau dessus. On n'était qu'en septembre, pourtant, enroulée autour de son cou, une écharpe rose vif couvrait sa bouche. Avec ses grands yeux, Lynn ressemblait à une créature des bois sortant la tête de son terrier. Il se mit à rire.

— C'est quoi tout ça ?

Il fit de grands gestes en désignant son propre cou.

Lynn regarda tout autour d'eux pour être sûre que personne d'autre n'observait et déroula l'écharpe comme si elle déroulait les bandelettes d'une momie. La peau autour de sa bouche était irritée et toute rouge.

La mâchoire de Foster en tomba.

— Mon Dieu ! Qu'est-ce qui t'est arrivé ?

— Chip ! Il m'est arrivé Chip. Lui, ses gros baisers virils, et son refus obstiné de se raser correctement.

Elle fit une pause pour se calmer.

— Qu'est-ce qui ne va pas ce matin ? Tu as l'air…

— Juste fatigué. Je n'ai pas beaucoup dormi la nuit dernière.

Il but une gorgée de son café.

— Revenons-en à toi et Chip. Tu disais ?

— Je ne sais pas ce que je vais faire, Foster. C'est un homme bien mais combien de temps encore ma peau va le supporter ? Franchement.

Il ouvrit une dosette de crème et la mélangea à son café.

— Mes étudiants me regardent et je sais ce qu'ils se disent.

— Qu'est-ce qu'ils se disent ?

— Que je suis une fille facile, dit-elle en se frottant le visage. Je n'ai jamais été facile. Au contraire, j'ai été trop dure. Tout est la faute de mon père, tu sais. Il m'a préparée à l'échec. C'était un homme tellement bien – pas terriblement intelligent, mais bien. Aucun autre homme ne peut se mesurer à lui.

— Les hommes de notre passé… c'est fou ce qu'ils hantent nos vies, hein ?

Le réfectoire était pratiquement vide. Il y avait des groupes d'étudiants et de professeurs ici et là, mais jamais plus de trois personnes à chaque fois.

— Il faut juste que je trouve un moyen d'y mettre fin. Je veux dire, ce ne sera un dénouement déchirant pour aucun de nous deux. Ce n'est pas comme si nous étions amoureux ; en tout cas, je ne le suis pas. Je comprends qu'il puisse être amoureux de moi. Tu aurais dû voir la façon dont il s'est jeté sur moi hier soir, la bouche grande ouverte comme une de ces baleines mangeuses de plancton. Mais quand même…

— C'est délicat.

— Oui. Délicat.

— Alors, pourquoi êtes-vous restés ensemble ?

Lynn haussa les épaules, sachant que la réponse allait lui donner l'air désespérée. Elle glissa son doigt dans l'anse de sa tasse à café.

— On est ensemble parce qu'aucun de nous n'a envie d'être seul, avoua-t-elle en levant les yeux vers lui.

Il hocha la tête d'un air compréhensif.

— C'est le désert ici, Foster. Niveau mec, c'est le néant. Pourtant…

— Quoi ?

— Il y a le nouveau professeur de sciences. Il est plutôt mignon.

Foster sourit et claqua la langue tout en secouant la tête.

— Pas encore séparée du pauvre entraîneur et déjà en chasse. Tu *es* une fille facile.

Elle roula une serviette en boule et la lui jeta.

— Chut, dit-elle. Je suis observatrice. C'est tout.

28

L'ENTRAÎNEMENT ÉTAIT terminé. Il s'était bien passé. Les tactiques semblaient prometteuses. Peut-être que cette année ils pourraient même gagner quelques matches : tout était possible. Quelques garçons étaient encore avachis sur l'herbe, faisant sécher leur sueur. La plupart étaient retournés dans leur dortoir, préférant une douche et une pièce climatisée. Le temps était toujours imprévisible à l'Université de Verona. L'été pouvait durer jusqu'en octobre ou s'achever tôt en août. Le Coach Arnold était assis sur une chaise pliante et prenait des notes sur les tactiques et sur quelques joueurs. Il essuya une goutte de transpiration sur son front.

Cela faisait une semaine que c'était terminé entre lui et Lynn. La formulation exacte était qu'ils avaient décidé de « faire une pause. » Chip savait que ça ne voulait dire qu'une chose : ils s'apprêtaient à rompre pour de bon. Ça n'avait pas vraiment été une de ces grandes histoires compliquées. Elle lui avait dit qu'elle pensait que ce serait une bonne idée de passer un peu moins de temps ensemble, et il avait été d'accord. Il avait été tellement à l'aise avec cette proposition qu'il pensait l'avoir blessée mais elle avait semblé plus soulagée qu'autre chose.

Ils s'étaient de nouveau trouvés chez elle, sur le canapé, séparés par ce qui semblait être des mètres de coussins et de tissus, quand elle avait dit : « Tu penses qu'on devrait faire une pause ? » Sa voix avait retenu un léger tremblement, comme si elle avait passé toute la soirée à essayer de faire sortir les mots. Elle avait ramené ses pieds nus sous elle ; elle aurait pu s'en aller en roulant comme une boule si les choses s'étaient mal passées.

Chip l'avait observée un moment avant de reporter son attention sur la télé. Une émission sur un célibataire et ses prétendantes était en train d'y être diffusée.

— Je crois que c'est une bonne idée, avait-il enfin dit.

— Bien.

— Bien.

Il avait attendu encore une demi-heure, puis était parti sans faire de vagues.

Que signifiait une pause, exactement ? Est-ce que ça voulait dire qu'il pouvait sortir avec d'autres femmes ? Il fallait qu'il le découvre. Un tour en ville pourrait être justement ce qu'il lui fallait. Passer une nuit à l'extérieur serait un bon moyen de réfléchir. Il regrettait de ne pas avoir profité de l'occasion pour lancer : « Ne peut-on pas se séparer pour de bon ? »

Chip avait cru que les choses seraient redevenues normales désormais. Qu'il ne passerait plus chaque moment avec le visage de l'aumônier dans la tête. Bien entendu, il se trompait. Il avait fait un détour pour rencontrer le chapelain sur le trottoir du campus. Un sourire de Foster lui faisait étirer les lèvres de manière incontrôlable et faisait flancher ses jambes. Rien n'avait jamais fait flancher ses jambes. Il soulevait un poids de cent-cinquante kilos ! Il avait peut-être une tumeur.

Il ne pouvait pas mettre le doigt sur ce qui l'attirait chez l'aumônier mais s'il ne le découvrait pas bientôt, cela risquait d'affecter sa façon d'entraîner. Ils pourraient commencer à perdre encore plus que d'habitude. Il leva les yeux de son carnet de tactiques de jeu. Les garçons restants se relevaient en titubant de leur pause sur le terrain. Jason Jordan et Brad Park étaient parmi eux, plaisantant et se tapant dessus. Les autres gars reculaient quand Brad s'approchait d'eux avec ses grosses pattes brusques. Jason ne reculait jamais parce que Brad ne lui donnait jamais de raison de le faire. Chip avait le sentiment que Jason savait quelque chose que les autres garçons ne savaient pas.

Chip se sentait affectueusement attiré par les taquineries des deux joueurs de foot. Il y avait un lien entre eux plus profond qu'entre aucun des autres joueurs. Plus d'une fois déjà, Chip avait surpris cette étincelle dans leurs yeux quand ils se regardaient. Aucun autre joueur ne l'avait perçue. Pourquoi l'auraient-ils vue ? Ils ne pensaient qu'aux fêtes, aux filles, et à être sucés par lesdites filles, pas aux yeux baladeurs de leurs coéquipiers masculins.

C'était la nouveauté qui attirait le plus Chip. Il les regardait et se demandait si, peut-être, quand il était plus jeune – peut-être au temps de l'université – il aurait agi aussi impulsivement si l'occasion s'était présentée. Ses sentiments naissants pour le chapelain – car c'était bien ce dont il s'agissait – en étaient la preuve. Peut-être qu'il avait eu son expérience avec la mauvaise personne. Il passa mentalement en revue une liste d'amis. Aucun d'eux ne provoqua la plus petite excitation. Certains lui donnèrent même la nausée.

« *Qu'est-ce que je fais ? Essayer d'avoir une érection sur des fantômes et des souvenirs.* »

Il se leva en refermant son carnet de tactiques. Non. Il n'y avait qu'un seul homme qui semblait lui déclencher une réaction. Au début, il avait essayé de se persuader que ce n'était rien mais, maintenant, ça devenait ridicule. Les gens qui reniaient leurs sentiments finissaient fous ou amers.

Le mieux était de résoudre cette indécision sinon ça allait simplement être le foutoir. Et ce qu'il lui fallait, c'était de l'ordre.

Devant lui, Brad avait passé son bras autour du cou de Jason et ils chantaient une chanson de variétés tout en retournant vers le dortoir. Par leur façon de chanter, il était clair qu'aucun des deux n'aimait vraiment la chanson. Ils portaient leurs voix trop haut et beuglaient les paroles les plus ridicules aux étudiants qu'ils croisaient. Cette exaltation, cette affection enivrante qu'ils avaient l'un pour l'autre, il pouvait aussi la ressentir en lui. Il pouvait la ressentir à chaque fois qu'il pensait à Foster. C'était de la nouveauté, de l'excitation et une pincée de danger.

« Règle ça. Occupe-t'en. »

LA DOUCHE commune du deuxième étage était toujours la plus chahuteuse du dortoir et ce, entre autres, à cause de Brad et Jason, qui encourageaient les canulars et les bouffonneries où qu'ils aillent. Même une personne peu encline à troubler l'ordre pouvait se laisser emporter par l'élan si elle traînait un peu trop longtemps au deuxième étage. Il s'y déroulait constamment des jeux de boisson et des paris étaient faits sur le quotidien de la vie ; qui avait fait ci ou ça lors des World Series, quel était le nom de cet acteur dans ce film sur le Viêt Nam, combien de fois Blanche faisait une allusion au sexe dans *Les Craquantes*. N'importe quoi pour empocher un peu d'argent pour se payer à boire ou pour mettre quelqu'un d'autre mal à l'aise.

Les paris avaient lieu jusque dans les douches. Quelle température supporteras-tu ? Combien de mecs peuvent s'entasser dans la pièce ? Ainsi de suite. Le perdant devait soit payer une bière au gagnant, soit nettoyer les toilettes, qui avaient *toujours* besoin d'être nettoyées. C'était la pire corvée qui pouvait arriver à quelqu'un : nettoyer les toilettes. Il n'y avait pas de responsable d'étage à cause des coupes budgétaires, alors il fallait que la tâche soit accomplie par *quelqu'un*. Le reste de la maison semblait respectable mais les douches étaient douteuses et oubliées la plupart du temps. Les murs de la salle de bain étaient gris et sales, le sol avait toujours besoin d'être lavé et les plafonniers délavaient toutes les couleurs.

— Je vous mets au défi de vous embrasser comme ça, sous la douche et nus, dit après l'entraînement l'un des types les plus populaires.

Jason et Brad venaient juste de mettre les pieds sous la douche et de se savonner. Ils se tenaient l'un à côté de l'autre et regardaient leurs camarades de couloir par-dessus leurs épaules.

— Ça risque dangereusement de tourner au porno, plaisanta Jason.

— À prendre ou à laisser, railla leur camarade. Vous avez toujours la possibilité de nettoyer les chiottes.

— Je ne nettoierai rien où t'as posé ton cul !

Brad attrapa Jason par l'arrière de ses cheveux mouillés et, avec un clin d'œil, l'attira à lui.

Le baiser était censé n'être rien de plus qu'un pari, un jeu de surenchère. Mais Brad et Jason sentirent tous les deux quelque chose de plus profond quand leurs lèvres se rencontrèrent. Le bruit de leurs cœurs battants éclipsa celui de l'eau et des sifflets obscènes de leurs camarades de douche. Ça leur bouchait les oreilles, comme s'ils étaient sous un raz de marée et pas sous un flot d'eau tiède. Accompagnant cette excitation, d'autres phénomènes plus physiques commencèrent à se manifester. Dans un style romantique semblable à celui d'un vieux film Hollywoodien, Jason souleva sa jambe et l'enroula autour de la taille de Brad. Il le fit pour deux raisons : la première, c'est qu'il savait que cela provoquerait une grosse réaction de la part des observateurs ; la deuxième, c'est qu'il voulait cacher l'érection naissante entre lui et Brad.

Les moqueries et les rires incessants du petit groupe de garçons – dont certains devaient apprécier plus que les autres ce qu'ils voyaient – attira l'attention de Trevor Moore. Il passa sa minuscule tête par la porte des douches, cherchant à savoir ce qui se passait. On le lui expliqua immédiatement.

— Je les ai mis au défi de s'embrasser et ils l'ont fait !

— Pari facile, déclara Trevor. Ils sont pratiquement mariés.

Finalement, ayant réprimé les manifestations physiques de leur désir à un degré respectable, Brad et Jason se tournèrent vers le groupe.

— Oh, euh, Trevor, j'étais censé te dire quelque chose, dit Brad.

— Quoi donc, Brad ?

— J'étais au lit avec ta mère la nuit dernière et elle m'a dit de te botter le cul !

Brad commença à poursuivre Trevor avant même que celui-ci ne sache qu'il était poursuivi. Tout le deuxième étage pointa son nez hors des chambres tandis que Brad, toujours mouillé, plein de mousse et nu, coursait Trevor dans le couloir. Le bruit engendré pouvait s'entendre de l'extérieur. Des étudiants qui passaient devant le bâtiment regardaient à l'intérieur pour voir s'ils pouvaient découvrir ce qui se passait.

— T'approche pas de moi, mec ! criait Trevor, sautant pardessus les obstacles, fussent-ils des livres ou des vélos.

— Le pauvre imbécile, dit Jason, sorti de la douche avec une serviette autour de la taille. Il l'a bien cherché.

— Trevor ou Brad ? demanda quelqu'un.

— Les deux.

Il se dirigea vers sa chambre pendant que Brad courait après Trevor dans les escaliers et dans les couloirs du dortoir. Il y eut un bruit sourd, quelques cris de supplications puis, enfin, les rires et l'agitation se calmèrent. Jason devait assister à un cours tard dans l'après-midi. Brad aussi, mais il était toujours moins inquiet pour ces choses – à savoir les études – que Jason. Que Brad n'ait pas d'idée précise concernant son avenir après son diplôme avait toujours frappé Jason. Pour lui, tout était déjà planifié : il dirigerait la société d'entretien de gazon de son père. Celui-ci s'en était assuré avant sa mort l'année précédente.

Jason repensa au baiser sous la douche. Il avait déjà envisagé plusieurs fois ce baiser mais jamais dans les détails étant donné que ça n'était jamais arrivé. Jusqu'à aujourd'hui. Il sentait encore le picotement sur ses lèvres, au creux de ses reins, jusqu'à la plante de ses pieds. Son cœur battait encore la chamade et il lui fallut rassembler toutes les forces qu'il lui restait pour rejoindre sa chambre sans tomber. Il devait repousser ce baiser comme si ça ne signifiait rien. Mensonge. Énorme mensonge. Il aurait aimé prolonger davantage leur spectacle dans les douches. Il voulait savoir comment Brad avait trouvé ce baiser. Des qualificatifs. Voilà ce qu'il voulait. Jason n'était pas certain de pouvoir se concentrer sur autre chose pour le reste de la soirée. Mordillant légèrement sa lèvre inférieure, il raviva le picotement. C'était comme si toutes les zones érogènes de ses lèvres – de son corps – étaient stimulées au maximum.

« Je me demande si Brad viendrait diriger l'entreprise avec moi. » C'était un fantasme, bien sûr. Du moins pour l'instant. Il leur restait encore deux années d'études mais cela donnait à son cœur encore plus de raisons de battre.

Il s'habilla, secoua sa crinière en arrière et balança son sac de cours sur son épaule. La maison s'était faite silencieuse et les garçons étaient dans leur chambre ou vidaient le bâtiment pour aller en cours. Jason ferma la porte derrière lui et il s'apprêtait à la verrouiller lorsque la voix tonitruante de Brad éveilla à nouveau le couloir.

— Tu vas m'attendre, hein ? demanda Brad qui se tenait nu au milieu du couloir.

Il avait les bras grands ouverts comme s'il était surpris que Jason s'en aille. Il était en grande partie sec maintenant et son corps était orné de brûlures de tapis et d'égratignures toutes fraîches.

— Dépêche-toi, connard, dit Jason. Je ne vais pas t'attendre pendant des lustres.

LA CRÉATION de Dieu est magnifique et impressionnante. En fait, Foster la trouvait un peu trop impressionnante en ce jour particulier.

Il avait eu l'intention d'écrire son sermon pour dimanche, ou du moins trouver un thème, assis contre l'un des grands arbres qui donnaient sur le fleuve en bordure du campus. L'air vif et le magnifique paysage auraient dû l'aider. Malheureusement, il se laissait très facilement distraire par chaque rayon de soleil qui se réverbérait sur le fleuve et sur le feuillage des arbres. Très vite, il reposa sa tête contre l'écorce, appréciant les dernières brises de l'été qui lui faisaient oublier la raison première de sa venue. Quand il réalisa qu'il regardait depuis un bon moment l'un des adorables écureuils du campus fouiller, se goinfrer, fouiller et se goinfrer, il décida qu'il était temps pour lui de ramasser ses affaires et d'aller chercher l'inspiration ailleurs. Il choisit la salle de sport de l'université.

La salle de sport revêtait moins d'intérêt pour Foster que quelques années plus tôt. Pour qui aimait les beaux mecs et les joueurs de football, c'était un vrai plaisir visuel, mais Foster avait mûri et ses goûts avec lui. Il trouvait maintenant la maturité et la prévenance plus excitantes que les tablettes de chocolat saillantes. Ainsi, il était capable de travailler convenablement ses muscles, isolé des autres personnes présentes dans la salle de fitness grâce à son lecteur mp3. Les gens le laissaient habituellement seul s'ils remarquaient les écouteurs sur ses oreilles. La plupart savait qui il était maintenant, aussi reçut-il des sourires chaleureux, mais rien de plus, ce qui lui permit de se concentrer sur un thème pour son sermon, probablement en liant le fitness physique au fitness spirituel. C'était une idée.

Foster se sculptait un beau corps sur son appareil de musculation – il n'était pas très musculeux mais tout était bien proportionné – sans remarquer les regards admiratifs. Il était trop immergé dans la formulation de son sermon. Le dernier album de Madonna rythmait ses efforts. Il adorait Madonna, même au temps de sa période anticatholique. Franchement, ne l'avaient-ils pas vu venir ? Des siècles de domination religieuse finissent par faire exploser la cocotte à un moment donné.

Foster faisait des flexions de biceps, face au miroir, quand il remarqua le Coach Arnold au bureau de l'entraîneur personnel. Il feuilletait un dossier et jetait de temps en temps des coups d'œil en l'air. Plus d'une fois, son regard s'orienta vers Foster. L'entraîneur n'était pas en short aujourd'hui. Il portait un pantalon de jogging gris uni et un teeshirt qui moulait ses épaules et son torse comme s'il avait été fait sur mesure. Quand l'entraîneur se tourna légèrement pour discuter avec un joueur, Foster put vérifier le fessier et les jambes « comme des troncs d'arbres » vantées par Lynn. Foster faillit en lâcher son haltère. Il pouvait dire que Lynn avait raison. La création de Dieu était magnifique et impressionnante, en effet.

Le Coach Arnold – Chip – croisa le regard de l'aumônier une nouvelle fois et sourit. Le dossier à ses côtés, il se balada (c'était vraiment une balade, une balade nerveuse) en direction de l'endroit où se trouvait le chapelain en essayant d'avoir l'air détendu. Il jeta même un regard ou deux à droite et à gauche d'une manière qui se voulait nonchalante. Foster posa son haltère, éteignit son lecteur mp3 et se détourna du miroir pour faire face à l'entraîneur.

— Comment allez-vous – Chip se creusa la cervelle pour trouver le titre approprié – … euh, mon Père ? Mon Frère ?

— Foster.

Il sourit, réajusta ses lunettes et se réprimanda en se disant qu'il fallait vraiment qu'il se procure des lentilles, ou même qu'il subisse cette opération des yeux qui emballait tout le monde.

— Père Foster.

— Non. Juste Foster. Je n'aime pas les titres. J'aime garder les choses informelles, si possible.

— Dans ce cas, vous pouvez m'appeler Chip au lieu de Coach. Ça ne veut pas dire que je ne vais pas vous éreinter.

C'était censé être une plaisanterie mais Chip ne réalisa pas avant de l'avoir dit à quel point cela semblait ambigu. Et à cause de l'image que cela produisait dans son esprit, il remerciait le ciel pour le jockstrap moulant qu'il portait aujourd'hui.

Sentant que sa tentative d'entamer une conversation avec le chapelain était un échec total, Chip se prépara à battre en retraite.

— Eh bien, c'était un plaisir de vous voir dans *mon* église, Foster. Je ferais mieux de remettre ces dossiers à leur place. Je ne veux pas vous perturber dans vos exercices.

— Ça ne m'ennuie pas. Vraiment. J'essaie juste de mettre en place un sermon.

Il posa sa main sur l'épaule de Chip dans un geste qui était censé être amical mais qui leur sembla bizarre à tous les deux.

— Vous devriez venir à la chapelle dimanche.

Chip déglutit. Il sentit la chaleur de la main de Foster traverser son tee-shirt et atteindre ses os.

— Je ne suis pas croyant.

— Vous n'avez pas besoin de l'être.

— D'accord.

Chip était excité comme s'il était accepté par le gamin le plus populaire de l'école.

— Je serai là.

— Fantastique.

Foster retira nonchalamment sa main de l'épaule de Chip.

— Je vous réserverai un banc. Enfin, pas un banc entier. Mais je vous réserverai une place.

Étrange.

— Vous devriez aussi venir ici plus souvent, ajouta Chip. Je pourrais vous donner quelques conseils. On pourrait faire de vous le Musclor de Dieu.

Foster éclata de rire.

— Je ne pense pas pouvoir finir aussi musclé que vous mais j'aimerais bien quelques conseils pour garder la forme.

— C'est pour ça que je suis là. En quelque sorte.

Chip frappa le dossier contre sa hanche.

— Je vais vous laisser vous y remettre, alors. Je m'étais juste arrêté pour dire bonjour et m'assurer que vous sachiez que je ne suis pas aussi écervelé que ce que j'ai laissé paraître l'autre jour à la chapelle.

— Je n'ai pas cru que vous l'étiez.

— Tant mieux. Parce que ce n'est pas le cas. Enfin bref, à bientôt.

Chip sourit et se retourna en hésitant, comme s'il espérait que Foster lui demande de rester dans les parages.

Pendant que Chip s'éloignait, Foster ne pouvait s'empêcher de sourire. Il devinait aisément pourquoi les femmes devenaient gagas devant cet homme. Il avait un air de Peter Pan. Il y avait un enfant précoce sous cette enveloppe de muscles. Un enfant curieux. Foster n'avait jamais été attiré par les garçons musclés ou les bodybuilders ; ils n'étaient tous simplement pas à son goût. Malgré cela, il devait bien admettre que Chip Arnold avait un certain charme. L'espace d'un instant, il se laissa aller à envisager une vie imaginaire avec Chip. Foster faisait ça avec la plupart des types qui l'attiraient – ce qui constituait un groupe restreint. Puis il chassa l'idée de sa tête et reprit l'haltère. Il s'était convaincu que toute relation ne pouvait se finir qu'en désastre après ce qui s'était passé avec Barry. Elles finiraient toutes de la même façon. Les cauchemars le lui avaient appris.

CHIP RÉALISA rapidement que se confronter au problème – c'estàdire son attirance inexplicable pour l'aumônier – n'avait fait qu'empirer les choses. Leur rencontre à la salle de sport n'avait rien résolu : elle n'avait apporté que plus d'incertitudes. Mais quelle aurait été la meilleure façon de régler ça ? En fait, il doutait que beaucoup d'hommes traversent cette situation. Il ne pouvait pas aller voir Lenny pour lui demander, l'air de rien : « Hé, qu'est-ce qui s'est passé la première fois que tu as bandé pour un autre mec ? » Seigneur, comme si c'était aussi facile !

Chip perdait le sommeil face à cette énigme. Même les somnifères ne purent rien pour lui : Foster ne quittait plus ses pensées. Ensuite, il y avait Lenny. L'expression « vraie folle » résonnait dans la tête de Chip. Il ne pouvait qu'imaginer la force de la crise cardiaque de Lenny si jamais il découvrait que Chip était attiré par un autre homme.

Et puis il y avait aussi toutes les remarques homophobes désagréables qu'il avait lui-même assenées au lycée qui lui revenaient en pleine figure façon avalanche karmique. Il pouvait presque entendre tous les gays qu'il avait taquinés hurler « oui ! » en chœur. Mais il ne l'avait fait que pour être accepté. Quand il avait atteint l'âge d'aller à l'université, il avait réalisé à quel point il avait agi de façon puérile. *Tu vois*, se raisonna-t-il. *Tu peux grandir.*

Mais ça ? C'était la pire blague karmique possible. Il était attiré par un aumônier. Un aumônier ! C'aurait pu en être risible s'il n'avait pas autant désiré le chapelain. Quelqu'un, dans cette grande étendue cosmique, devait bien se foutre de lui et lorsque Chip en aurait l'occasion, il passerait un sacré savon à cet être cosmique.

Chip se releva deux fois au cours de son insomnie pour aller naviguer sur des sites de porno gay, histoire de tester. Il surfa de l'un à l'autre, tantôt intrigué, tantôt dégoûté, et parfois même troublé, mais jamais excité. Aucun des types à l'écran n'éveilla quoi que ce soit en lui. Pas la moindre réaction, et les mecs y étaient pourtant bandants. Chip était suffisamment convaincu de sa virilité pour reconnaître qu'un autre homme était attirant quand il en voyait un. Mais cela s'arrêtait là. Il essaya même de se masturber en visionnant l'une des vidéos mais, au bout d'un quart d'heure, il réalisa que ça ne viendrait tout simplement pas. Ce n'est que lorsqu'il se rallongea qu'il fut capable de jouir en pensant à une femme. Le samedi soir, veille du jour où il devait assister au sermon du chapelain, il fit quelque chose qu'il s'était refusé de faire par peur : il pensa à Foster pendant qu'il se branlait et il jouit immédiatement. Il savait qu'il le ferait.

Quel bordel...

III

CHIP TINT parole. Il se rendit à la chapelle le dimanche – bien qu'en retard – et repéra une place vide sur la toute première rangée de bancs. Il serait arrivé plus tôt s'il n'avait pas mis trois heures à choisir sa cravate et si la transpiration ne l'avait pas obligé à changer de chemise.

Il se fraya un chemin devant la congrégation amassée, récoltant des coups d'œil curieux des personnes de l'assistance qui ne l'avait jamais vu s'approcher de la chapelle, et s'assit avec un petit sourire avant de saluer de la tête le chapelain. Foster lui répondit par un sourire semblable. Cela fit bondir d'excitation le cœur de Chip.

Lynn était partie voir son père pour le week-end. Elle lui avait promis de l'aider à trouver de la lecture. C'était un vieil homme fatigué qui s'ennuyait et qui avait récemment décidé d'arrêter de regarder la télé une fois pour toutes. L'absence de la jeune femme était un soulagement pour Chip. La voir aurait été bizarre, plus particulièrement depuis que les sentiments qu'il était censé avoir pour elle s'étaient dirigés vers son ami. C'était un fait que Chip avait accepté, bien qu'avec prudence, au cours de ses nuits d'insomnies. Affronter la vérité. C'était la devise de son père après tout. Pourtant, Chip ne pouvait pas qualifier ces sentiments. Il ne pouvait pas appeler ça de l'amour. Il préférait ce nouveau terme qu'il avait entendu : homosocialité. Oui. Il pouvait être homosocial avec Foster. Pourquoi est-ce que ça devait être autre chose que deux hommes appréciant leur masculinité ? Pourquoi est-ce que cela devait porter un nom ?

Qu'est-ce qui l'attirait chez Foster ? C'était un mec sympa, mais Chip connaissait un million de mecs sympas. Et ce n'était certainement pas son apparence. Bien sûr, Foster était un homme séduisant, mais Chip avait connu plusieurs hommes séduisants et il n'avait jamais rêvé d'enfoncer sa langue dans leur gorge. Il y avait autre chose chez Foster. Quelque chose dans l'essence même de la masculinité de Foster agissait comme un aimant qui remettait Chip en place, dans la bonne orientation magnétique. Ses manières, son sourire, la lueur de ses yeux, sa voix, la fluidité avec laquelle il bougeait.

Chip tira sur sa cravate pour la réajuster. Le col était un peu trop serré. Il ne portait pas de veste et la seule chemise ayant des boutons jusqu'en haut qu'il possédait était ce modèle à manche courtes qu'il avait choisi. En fait, il ne l'avait portée nulle part avant ça. Elle avait été à deux doigts d'atterrir à l'Armée du Salut. Les manches montraient ses bras mais ce n'était peut-être pas le bon look pour un service religieux. Il n'avait jamais mis les pieds dans une église, alors que savait-il de ce qu'il convenait de porter ?

Pendant qu'il restait là, son esprit commença à vagabonder, alors qu'il continuait à regarder et à écouter Foster. La chapelle était un endroit tout à fait agréable : il y avait un poêle à l'ancienne dans un coin, les bancs étaient bien espacés – pas trop près les uns des autres –, le vieux sol avait une douce couleur ambrée et le plafond était voûté, mais pas de cette façon oppressante qu'on voyait parfois. En fin de compte, l'architecture n'était pas aussi austère que Chip le pensait. Il songea à tous les films qu'il avait vus mettant en scène des petites chapelles, des prêtres et des sermons. La plupart avaient été des comédies, car c'était le genre de film qu'il aimait.

Des fromagers. Quelque chose sur les fromagers. Quelle était cette réplique ? Oh oui. « Et pourquoi des fromagers ? » *C'était un film marrant... Bon sang, Chip ! Reprends-toi. S'il y a un examen sur le sermon de Foster, tu vas le rater parce que tu es trop occupé à penser à des fromagers. Est-ce que je le mate ? Bordel ! Oui. Je mate carrément ses fesses moulées dans son pantalon de prêtre. Vite ! Regarde ailleurs avant qu'il ne te remarque... Merde. Trop tard. Je suis fait. Il vient juste de me surprendre en train de mater ses fesses de prêtre et ses attributs de prêtre. Bon, arrête de les fixer comme ça ! Regarde ailleurs, crétin !*

Chip se tourna si violemment sur son banc qu'il donna un coup de coude à la personne assise à côté de lui, une étudiante blonde effacée et binoclarde. Elle lâcha un cri de douleur sonore et l'humiliation de Chip fut complète. Il devint le point de mire de la congrégation toute entière. Il était jugé. Foster s'arrêta un instant. Chip articula silencieusement un « désolé » et Foster hocha la tête avant de continuer. Chip était pétrifié, effrayé à la simple idée de bouger un muscle avant que la dernière prière n'ait été dite.

Après la fin du service, Chip s'attarda sur son banc, alors que tous les autres faisaient la queue devant la porte pour féliciter l'aumônier sur son sermon avant de partir. Quand il constata que l'attention générale était focalisée ailleurs, Chip se précipita vers la porte de derrière en défaisant sa cravate.

Son visage entier hurlait : « Me faites pas chier ». Aucune âme ne le fit tandis qu'il se dirigeait comme un éclair vers son bureau dans la salle de sport. De toute façon, c'était une idée stupide d'aller à la chapelle. Pourquoi l'avait-il fait ? Parce qu'il avait dit qu'il le ferait ? Il ne devait rien à Foster. Il le connaissait à peine.

Mais quand même. Un mois de « mais quand même ».

Les bureaux étaient fermés le dimanche mais le corps enseignant en possédait les clés. Il alluma les lumières, jeta la cravate par terre et s'assit à son bureau, pas vraiment sûr de ce qui l'avait amené ici. Il joua avec la paperasse tout en se demandant si Foster était furieux contre lui.

Qu'est-ce ça peut te faire ? Qu'est-ce qu'il signifie pour toi ?

C'était la question qu'il savait devoir régler. Qu'est-ce qu'il signifie pour toi ? Cela semblait impossible d'y répondre. Quels mots pouvaient répondre à ça ? Il lui fallait un thésaurus.

L'entraîneur se leva et défit le bouton du haut qui l'étouffait. Il avait des tee-shirts empilés dans un placard en cas de besoin. Bien sûr, ils lui allaient tous à la perfection. Toutefois, il n'eut pas l'occasion d'en enfiler un : il entendit quelqu'un taper à la porte du bureau et vit la tête d'une femme passer l'embrasure.

— Excusez-moi, dit-elle, alors que son regard détaillait son torse et ses bras.

Il avait dû laisser les portes des bureaux ouvertes. Le dimanche, elles étaient censées se verrouiller automatiquement après utilisation, mais ça ne fonctionnait pas toujours. L'une des joies d'être employé par une petite école.

La femme était jolie, dans un genre « actrice de soap opera vieillissante ». Elle était un peu plus âgée que Chip, une petite quarantaine d'année. Elle paraissait un peu fausse. Ses yeux étaient gris délavé et Chip s'imagina que c'était exactement ainsi qu'elle voyait le monde. Elle semblait être juste ce qu'il fallait à Chip en ce moment.

Chip passa son tee-shirt par-dessus sa tête.

— Je peux vous aider ?

— Je suis la mère de Trevor Moore.

Elle tendit la main vers lui et le reluqua comme s'il était une chose qu'elle avait achetée sur un coup de tête et dont elle évaluait maintenant la valeur.

— Je visitais juste le campus. Je me suis dit que j'allais faire un tour dans les bureaux.

Chip savait qu'elle mentait. Elle l'avait remarqué et suivi à l'intérieur. Il pouvait le voir dans ses yeux. Et bon sang, il faisait une pause avec Lynn, et après la débâcle dans la chapelle… eh bien, il avait besoin d'encouragements. Il avait besoin qu'on lui dise encore qu'il était un homme.

— Laissez-moi vous servir de guide, dit-il en lui présentant son bras avec courtoisie.

Pourtant, ils n'atteignirent pas la porte. Une fois qu'elle sentit ses biceps, ils s'écroulèrent au sol.

BRAD OBSERVAIT Jason, lequel tentait vainement de couvrir de la voix le bordel de la foule des étudiants allié à la musique assourdissante résonnant dans l'étouffante chambre du dortoir. Trevor Moore tenait le bar – le meilleur du bâtiment – mais il ne prêtait pas trop attention aux autres gars. Il y avait trop de « nanas canons » dans le coin et Trevor voulait avoir sa chance. De toute façon, Jason n'avait jamais eu une voix puissante. Les matins suivants les fêtes comme celle-ci, sa voix était toujours cassée d'avoir trop crié. Ce n'était tout simplement pas un environnement favorable à ses manières tranquilles. Il comptait sur Brad pour les rassemblements bruyants.

— Tu veux une bière, frangin ? demanda – ou plutôt hurla – Brad à son oreille.

Jason répondit par un hochement de tête.

Brad gueula tellement fort que la sono sembla perdre quelques décibels. Tous ceux qui l'entouraient haussèrent les épaules comme si ses mots « Bière ! Ici ! Tout de suite ! » avaient créé une vague. Il essuya une série de regards mauvais de la part des filles ; elles pouvaient toutes aller au diable.

Trevor lança deux bières dans sa direction. Brad les attrapa sans problème avant d'en tendre une à Jason.

— Quel crétin ! commenta Brad en s'envoyant une gorgée.

Brad était sans conteste la personne la plus bruyante que Jason ait connue et il y avait une raison derrière ses rugissements. En fait, il y en avait six, prenant la forme de six frères, chacun plus bagarreur et imposant que l'autre. Ils avaient rivalisé vocalement lorsqu'ils étaient nés, semblait-il. Pour la naissance de Brad, le médecin portait des boules Quies, disait-on pour le taquiner. Pour survivre dans cet environnement, Brad avait dû devenir celui qui criait le plus fort. Il ne pouvait toujours pas les battre sur le plan physique mais il pouvait beugler plus fort qu'eux chaque jour de la semaine. C'était son caractère tapageur et l'ampleur de sa voix qui lui avaient évité d'être un personnage secondaire de sa propre vie.

Il ne s'était jamais inquiété de savoir s'il était trop excessif aux yeux de ceux qui ne faisaient pas partie de sa famille jusqu'à ce qu'il rencontre Jason. À première vue, c'était un duo mal assorti : Brad, la grande gueule, et Jason, l'ami tranquille. Mais leur amour pour les farces avait scellé leur amitié. Pour une raison ou pour une autre, ils avaient sympathisé du premier coup.

Néanmoins, depuis quelques temps, Brad était inquiet. Il était inquiet que sa nature débordante ne colle pas avec les nouveaux sentiments qu'il avait développés – ou qui commençaient à se dévoiler – pour Jason. Jason aimaient que les choses se déroulent à flux constant et si quelque chose se passait entre eux – si ce baiser sous la douche était une indication de quelque chose de plus – Brad doutait qu'il puisse rester désinvolte à ce propos. En fait, il savait qu'il ne le pourrait pas. Les gens le découvriraient parce que Brad aimait parler et se vanter. Plus que tout, il aimait se vanter. Quelques personnes pensaient déjà qu'il se passait quelque chose entre eux mais c'était ignoré de la même façon que les habituelles rumeurs d'université déclenchées par jalousie. Pas la peine de s'inquiéter pour ça.

Ils descendirent les escaliers, loin de la fête et du bruit. Leurs oreilles en furent immédiatement soulagées : elles semblaient débouchées. Le hall d'entrée était vide et ils s'écroulèrent sur l'un des immenses sofas. Le mobilier était loin d'être neuf et avait l'odeur caractéristique des meubles utilisés depuis des années par des centaines de personnes. Le vestibule était décoré comme le reste du campus : tout n'était que grisaille et les peintures avaient besoin d'être rafraîchies

Brad et Jason s'observaient mutuellement. Cela faisait déjà quelques jours mais aucun des deux n'arrivaient à se concentrer. Le *baiser* était toujours présent dans leur esprit et sur le bout de leur langue.

— On pense tous les deux à la même chose, dit Brad. Alors, autant en parler, mon vieux.

— Ça me va.

Les yeux de Jason étaient plus éloquents, plein d'excitation et d'anticipation.

— C'était comment ? Je veux dire, je sais comment c'était pour moi… de t'embrasser. Mais… c'est normal ?

— Je suppose que c'est normal pour nous, répondit Jason en se penchant un peu plus près. C'était bien. Un truc qui fait cet effet ne peut pas être mauvais.

— Nan. Ce n'était pas mauvais. Si quelqu'un dit ça, je lui botte le cul. C'était le meilleur baiser que j'ai jamais eu. Sans déconner.

Jason lui donna un coup sur l'épaule.

— T'as juste aimé parce que tout le monde regardait.

Le bruit étouffé de la musique provenant de la fête au-dessus d'eux donnait à cet instant une étrange impression de décontraction, un bruit de fond qui leur permettait de s'oublier en même temps que se dissipait le plus gros de la gêne. Les garçons étaient penchés l'un vers l'autre, le souffle chaud et tremblant de nervosité. Un baiser sans attentes.

Mais Brad cligna des yeux. Il recula et Jason sentit l'instant mourir. Ils ressentirent tous les deux une pointe de déception.

— Je serai en haut, dit Jason en se levant.

Brad pouvait voir qu'il était blessé. Il voulut dire quelque chose mais, pour une fois, rien ne lui vint à l'esprit. Il regarda Jason s'éloigner, puis il explosa de rage contre lui-même.

— Merde ! Merde ! Putain de bordel de merde…

Les jurons sortirent en un flot acide. Brad jeta des coussins, des chaises et tout ce qui n'était pas fermement ancré au sol. Quand il se dit qu'il avait fait assez de dégâts dans la pièce, il s'en prit à lui-même et cogna son propre bras plus fort qu'il n'avait jamais frappé Trevor Moore. Quelques têtes apparurent pour jeter un coup d'œil mais personne ne fut assez courageux pour l'affronter à propos des dégâts qu'il avait causés… qu'il causait.

Quand Brad remonta enfin les escaliers pour retourner à la fête, les vêtements déchirés et le visage ensanglanté et contusionné, il avait évacué une grosse partie de sa frustration. Il eut droit à quelques regards tandis qu'il traversait la foule. Il trouva Jason et se plaça à ses côtés l'air de rien, reniflant son sang, les pouces dans les poches.

— De la bière ! Ici ! Tout de suite ! cria Brad.

— Mais qu'est-ce qui t'est arrivé ? demanda Jason.

— J'ai trébuché.

Il y avait un café juste en dehors du campus, dans une rue voisine à côté d'un lavomatic. Contrairement aux chaînes franchisées, cet endroit ne payait pas de mine. Il n'y avait ni bibelots ni livres. Ils ne servaient même pas de repas : juste des cafés et des muffins. C'était un endroit où aimaient traîner les étudiants et même les professeurs. Et de l'avis de Chip Arnold, cette petite boutique faisait les meilleurs muffins au chocolat de tout l'État. Il s'en payait un à chaque fois qu'il était stressé. Il s'en était payé beaucoup dernièrement. Son excuse était qu'il éliminait les calories lors des entraînements avec les gars.

La file d'attente arrivait jusqu'au milieu de la rue : pas aussi longue que ce que Chip avait déjà pu voir mais il était impossible qu'il en sorte en moins de dix minutes. Il attendit comme n'importe quel bon client, saluant d'un signe de têtes les personnes qu'il connaissait un peu et celles qu'il ne croisait qu'ici. Puis, à une table éloignée près des toilettes, il vit Foster savourer un moka et un muffin au chocolat tout en lisant le journal.

Chip détourna rapidement le regard. Foster l'avait-il déjà vu ?

Chip l'avait évité toute la semaine. Depuis le sermon de dimanche, ils ne s'étaient même pas croisés. Chip ne savait pas combien de temps il pouvait continuer comme ça – après tout, c'était une toute petite école – mais il n'était certainement pas préparé à voir Foster au café en pleine semaine, un après-midi. Tous les vieux symptômes réapparurent : la respiration saccadée, le cœur palpitant, les mains moites. Il avait été une nouvelle fois transformé en préadolescent se débattant avec ses sentiments de premier amour.

Devait-il dire quelque chose ? Non. Il décida de prendre son café et son muffin, puis de prétendre qu'il n'avait pas vu l'aumônier. Ce serait mieux. La table était assez loin pour que ce soit plausible… si Chip avait une mauvaise vue.

Il acheta son café (noir) et le muffin au chocolat aux pépites de chocolat, puis il prit une profonde inspiration avant de s'échapper par la porte. Un pied devant l'autre, avant de faire une pause. Mais attendez ! Il ne se dirigeait pas vers la sortie. Ses pieds l'avaient trahi ! Il se dirigeait droit vers Foster.

Mutinerie ! Mutinerie !

Foster leva les yeux de son journal et sourit tandis que Chip approchait. Bon, maintenant, il n'y avait aucun moyen de se défiler. Il avait été repéré et le sourire de Foster était comme la ligne d'une canne à pêche. Il avait mordu à l'hameçon et il était ramené à lui.

Sérieusement ? se dit Chip. *Une analogie à la pêche ? Tu n'es jamais allé pêcher de toute ta vie.*

— Coach, dit Foster. Asseyez-vous.

Il fit un geste en direction de la chaise en face de lui.

Chip fit ce qu'on lui demandait. C'était étrange pour Chip de voir Foster en dehors du campus et dans des vêtements de ville. Ce n'était que la deuxième fois que Chip le voyait porter autre chose que son pantalon de prêtre. Il trouvait ça un peu choquant. Un peu comme la première fois qu'il avait vu un instituteur en dehors de sa classe : *ils ont une vie ?*

Foster sans son pantalon de prêtre était la chose la plus sexy que Chip ait jamais vue.

— Écoutez, dit Chip. Je veux m'excuser d'avoir fait du grabuge à l'église l'autre jour. Je n'en avais pas l'intention… J'ai été distrait.

— Ne vous en faites pas pour ça. Il n'y a eu aucun grabuge. En fait, je devrais vous remercier. Je pense que vous avez réveillé quelques personnes qui étaient endormies par mon sermon.

Comment peut-on fermer les yeux en votre présence ?

— Alors, vous n'étiez pas furieux ?

Foster mordit dans son muffin.

— Bien sûr que non.

Il étudia Chip. Chip aimait comment Foster l'étudiait. Comme s'il réalisait quelque chose, d'une bonne façon.

— Vous dites ça maintenant parce que vous avez un muffin dans la main.

— Quoi ? rigola Foster.

— C'est un fait avéré qu'un homme ne peut pas se mettre en colère quand il tient un muffin. J'ai lu ça dans un livre.

— Les muffins chassent la colère ?

— Il est *impossible* d'être en colère avec un muffin.

Il prit une grosse bouchée du sien et regarda son charme agir sur Foster.

Foster mordit une nouvelle fois dans son muffin, un air amusé dans le regard.

— Vous savez, il se pourrait que vous ayez raison.

— Je sais que j'ai raison. Je suis un expert en muffins. J'adore les muffins.

Son sourire soulignait le sous-entendu.

— Tous les problèmes du monde pourraient être résolus avec un panier plein de muffins.

— Mais certaines personnes n'aiment pas les muffins, répliqua le chapelain.

Chip s'arrêta de mâcher. Il était perdu.

— Je ne sais pas où j'allais avec cette analogie. Désolé.

Foster se mit à rire pour de bon cette fois. Chip aimait le vrai rire de Foster. Il était agréable et léger, pas comme le beuglement bruyant de la plupart des gens qu'il côtoyait. Pas comme Lenny, qui ressemblait à un cheval s'étouffant avec une pomme.

— Mais, sérieusement, reprit Chip en montrant ce qu'il restait de son muffin, les muffins, c'est génial.

— Je suis d'accord. À cent pour cent, dit Foster. Pareil pour les trous de donuts.

C'est à ce moment-là, alors qu'il s'étouffait avec une pépite de chocolat, que Chip sut qu'il était amoureux.

AU DÉBUT, la situation avait été un peu inconfortable. Après le baiser qui n'avait pas eu lieu, ni Jason ni Brad ne semblait savoir comment agir en présence de l'autre. Ils se parlaient à peine. Mais à un moment donné, tandis qu'ils regardaient *Jeopardy !* – un jeu télévisé qui réveillait leur compétitivité, même si Jason gagnait toujours – Jason décida que c'en était assez et mit volontiers de côté ce souvenir en faveur de leur amitié. Il penserait à ce que ça aurait pu être uniquement dans son lit ou quand il serait seul. Il y était habitué. Il était doué pour ça.

Le soleil de l'après-midi brillait à travers la fenêtre de sa chambre tandis qu'il était allongé les mains derrière la tête, à regarder le plafond, plongé profondément dans ses pensées. Pourquoi Brad n'avait pas voulu l'embrasser ? Brad ne se souciait pas de ce que les gens pensaient de lui, pas même ses frères aînés. Une fois, il avait porté un short rose quand il était rentré chez lui pour Noël, et Jason l'avait vu détourner avec aisance les moqueries de ses frères et en sortir vainqueur. Au début, Jason s'en était voulu d'avoir teint en rose tous les vêtements de Brad, mais voir comment Brad avait mené les choses avait marqué un tournant dans l'estime qu'il portait à son ami.

Si ce n'était pas les autres, si ce n'était pas ce qu'ils pensaient, alors ce devait être à cause de Jason lui-même que Brad s'était abstenu de l'embrasser. Il devait y avoir quelque chose en *lui* que Brad n'aimait pas.

Cette pensée lui souleva l'estomac. Il roula sur le côté, s'adaptant à cette nouvelle position pour retrouver son confort.

S'adapter. C'est à ça que se résumait sa vie en fin de compte. Il avait appris très tôt à s'adapter. Sa mère était alcoolique, pas vraiment violente envers qui que ce soit mis à part elle-même. Mais tout de même, cela avait demandé à Jason d'être adulte à un âge très jeune. Il n'avait pas eu d'enfance. Pas comme tous ceux qu'il connaissait. À huit ans, il avait mis au lit une mère imbibée de gin. À dix-huit, il l'avait sortie de prison. C'était un enfant sobre dans tous les sens du terme. Son père n'avait pas été là pour l'aider, s'occupant toute la semaine de l'entreprise familiale et se tenant à distance durant les week-ends. Jason n'avait jamais vraiment connu son père. Il avait découvert en grandissant qu'il ne voulait pas réellement savoir plus de choses sur cet homme. Pour lui, la raison pour laquelle son père lui avait cédé l'entreprise avant sa mort était un mystère. Ils n'avaient jamais vraiment eu de relation particulière avant ça.

Quand il était arrivé à Verona – cela lui avait posé un cas de conscience de laisser sa mère derrière lui, mais c'était elle qui l'avait finalement convaincu d'y aller – il s'était attendu à ce que sa vie soit pratiquement la même qu'avant. La vie était quelque chose de sérieux. Et puis il avait rencontré Brad, et Brad… eh bien Brad avait révélé le blagueur en lui. Chaque brin de malice contenue avait été libéré, déchaîné et mis à nu. Ces deux dernières années avec Brad avaient été les meilleures que Jason avait jamais connues.

Alors, pourquoi ne s'étaient-ils pas embrassés ?

Ce n'était peut-être qu'une toquade, se dit Jason. Peut-être qu'il interprétait un peu trop les choses. Mais alors, ça n'expliquait pas le regard de Brad ou la sensation procurée par le baiser sous la douche. Il y a une sensation différente derrière un baiser quand il est donné par jeu ou quand il est réel. Jason le savait parce que tous ses baisers avant Brad avaient été « pour de faux ».

La poignée de la porte tourna et Brad, de retour de cours, s'engouffra dans la chambre en jetant ses livres par terre.

— Qu'est-ce que tu fais ? Tu piques un roupillon ?

— En quelque sorte.

— Ça ne te dérange pas de la compagnie ?

Et avant que Jason ne puisse répondre, Brad bondit dans le lit avec lui. Un de ces jours, les ressorts du sommier finiraient par céder sous tous ces sauts.

Ils restèrent allongés ensemble et s'endormirent rapidement tous les deux. C'était le genre de confort que Jason désirait pour le reste de sa vie. Comme le baiser, une vie sans attentes mais faite pour l'excitation.

APRÈS LE café, où ils restèrent à parler pendant deux heures, Foster et Chip achetèrent chacun un cappuccino et retournèrent ensemble au campus. Ils n'eurent pas besoin de discuter pour savoir s'ils le feraient. Ils se levèrent tout simplement et partirent comme si c'était prévu depuis longtemps. Ils avaient tous les deux des choses à faire mais ils repoussèrent ces tâches au profit d'une balade autour de l'université. Le temps était magnifique et un sentiment de calme régnait entre eux. Ils discutèrent des études qu'ils avaient suivies et de leur famille, de leurs films et de leurs musiques favorites. Chip était effaré que Foster n'aime pas *Gladiator*. Ils discutèrent de petites choses sans importance simplement parce qu'ils désiraient prolonger la balade.

L'après-midi touchait à sa fin et le campus devenait peu à peu silencieux. Des étudiants allaient dîner ou étudier, et les insectes de fin d'été commençaient à se faire entendre. Ils longèrent le fleuve et restèrent là, discutant et regardant l'eau calme changer de couleur au rythme de l'assombrissement du ciel. L'air était pur et frais, et leurs rires étaient détendus et sincères. Ils commencèrent à parler de sujets plus lourds. De relations passées et d'erreurs.

— Alors, tu ne soupçonnais même pas qu'il voyait ce jeune Amish ?

Au départ, Chip avait été surpris de la manière franche de parler de Foster. Il était complètement ouvert. Il n'y avait pas eu de : « Au fait, je suis gay. » Il était entré dans le vif du sujet sans qu'il y ait eu besoin d'explication particulière. Tout malentendu était écarté.

— Je suppose que c'était un peu naïf de ma part. J'ai toujours fait facilement confiance aux gens.

Foster prit une gorgée dans son gobelet et ils reprirent leur marche. Les dernières lucioles voletaient.

— Ma foi, ce n'est pas la pire des qualités. Ce n'est simplement plus très recommandé aujourd'hui. Tu étais amoureux de Jesaisplusqui ?

— Barry ? Oui, je crois. Il était tout ce que je connaissais de l'amour. Je crains n'avoir jamais été un Don Juan ; je n'ai pas fréquenté beaucoup de personnes et je ne suis pas beaucoup sorti. Mais quand même, je me suis retrouvé sur le cul quand c'est arrivé. Tu crois que quelqu'un t'adore, ce que lui-même te dit, et puis…

— Tu te retrouves avec un Amish en pleine face.

— Exactement.

— Et tu n'as plus fréquenté personne depuis ?

— Non, dit Foster. Pourquoi ? C'est une proposition ?

Il sourit, laissant Chip sans voix et cherchant du réconfort dans la dernière gorgée de son gobelet.

Ils marchèrent un peu, faisant un détour qui les éloigna du fleuve pour les rapprocher de la bibliothèque et des bâtiments de sciences. Quelques étudiants étaient ressortis, allant ici ou là. C'était un jour de semaine, alors les fêtes étaient rares. Le ciel donnait aux choses une lueur bleutée onirique.

— Et cette histoire d'aumônier ? Il n'y a pas de règles sur les fréquentations et… le fait d'être gay ?

—Aucune que je suivrais. Je crois fermement qu'il faut aller où notre cœur nous mène et mon cœur, pour le meilleur ou pour le pire, me menait à Barry.

Ils s'arrêtèrent devant un vieil arbre difforme. Le tronc présentait deux fourches : la première était plutôt droite, tandis que la seconde s'incurvait sur le côté comme pour former un siège. Chip alla se placer derrière elle et regarda Foster de l'autre côté.

— Et toi ? demanda Foster. Où est-ce que tes petites manies romantiques t'ont conduit ?

—Eh bien, je n'ai jamais eu de relation avec un homme. Pas vraiment. Je n'en ai jamais eu l'envie jusqu'à…

Il s'interrompit pour boire une nouvelle gorgée mais son gobelet était vide.

— Ça ne me surprend pas. Je ne sens pas cette aura en toi.

—Ah bon ?

Était-ce une bonne ou une mauvaise chose ? À vrai dire, cela intéressait Chip de s'engager dans quelque chose avec Foster, mais si Foster trouvait qu'il ne possédait pas cette aura, comment pourrait-il le faire ?

— D'après ce que m'a dit Lynn, tu es plutôt un homme à femmes.

Chip retourna du même côté de l'arbre que Foster.

— Tu sais qu'on fait une pause, non ? Moi et Lynn.

— Elle me l'a dit. Désolé.

— Je pense que c'est pour le mieux. Je ne suis pas ce dont elle a besoin en ce moment.

— Est-ce qu'elle est ce dont tu as besoin ?

Tout ce que Chip put répondre fut « non ».

Le ciel était noir à présent, et les lampadaires s'allumèrent, diffusant une lueur agréable tout autour d'eux. Les jeux d'ombres sur le visage de Foster étaient magnifiques et les lumières se reflétaient dans ses yeux. C'en était hypnotisant. Chip parvint à continuer de parler, malgré tout.

— Je veux dire, j'aime les femmes. J'aime leur physique, les sentir, mais…

— Personne n'a dit le contraire.

Foster aussi était envoûté par la façon dont la nuit sculptait le visage de Chip, tel une statue d'athlète célèbre des temps anciens. Son regard était profond et concentré.

— Dit quoi ?

— Dit que…

Foster réalisa qu'il avait perdu le fil de ses pensées. Aucun d'eux ne savait de quoi ils parlaient. Il oublia son besoin de plaire, son besoin d'être un bon confident. Pour la première fois depuis son enfance, il alla chercher ce qu'il désirait et il embrassa Chip. Ce qui le surprit plus que toute autre chose fut que Chip l'embrassa tout aussi passionnément. Les deux gobelets de cappuccino tombèrent par terre et les deux hommes s'étreignirent encore plus fort.

Pour Chip, c'était une expérience qui le forçait à redéfinir la façon dont il comptait mener sa vie. S'il pouvait tomber amoureux de cet homme, cet homme magnifique, splendide, alors qui savait ce qui était possible ? De toutes nouvelles possibilités s'offraient à lui et, soudain, la vie ne lui semblait plus ni monotone ni routinière.

— Merci, murmura Chip lorsqu'ils se séparèrent.

Foster lui répondit par un sourire incertain.

— De rien ?

— Ne t'en fais pas. Je… C'était bien. On peut recommencer ?

Et c'est ce qu'ils firent. Toutefois, entre-temps, d'autres étudiants s'ajoutèrent aux quelques déjà présents et, bien que l'ombre de l'arbre les cachât en grande partie, les deux hommes mirent fin à regret à leur intermède romantique.

— Il faut que j'y retourne, murmura Foster. Des choses à faire.

Tout s'était passé de manière si soudaine qu'il était encore sous le choc. Mais un bon choc. Comme de la morphine. L'aumônier s'éloigna, se retournant de temps en temps. Chip lui faisait un signe de main à chaque fois qu'il croisait son regard.

Pourtant, Chip ne dit rien. Il arborait le plus stupide des sourires. Son monde était désormais officiellement sens dessus dessous et, malgré tout, ça ne lui posait aucun problème. Il resta encore quelques temps sous l'arbre après le départ de Foster. Suffisamment pour que les autres le voient et lui disent bonjour. Il savait qu'il ressemblait à un étudiant de fraternité euphorique mais il y avait bien plus que ça. S'il avait connu ce sentiment quand il était à l'université, nul doute qu'il n'aurait pas obtenu son diplôme.

FOSTER PASSA tout le trajet retour jusqu'à son appartement du campus à regarder le ciel. Les étoiles étaient visibles, recouvrant le ciel d'une façon qu'il n'avait jamais vue quand il vivait en ville avec Barry. Ici, à l'université, il n'y avait pas d'obstacles, de lumières agressives ou de brouillard suffocant pour empêcher de voir le ciel nocturne. Tout était clair.

Foster se sentait incroyablement optimiste et satisfait. Ce qui avait été étrange dans le fait d'embrasser Chip, c'est qu'il ne s'était pas intéressé à l'entraîneur avant aujourd'hui et n'avait pas osé envisager une histoire entre eux avant ce soir. Sa vie amoureuse était comparable à un électro-encéphalogramme plat et il avait cru que cela resterait ainsi pendant un moment. Mais il avait bondi sur Chip comme un tigre, possédé par une force inconnue, et maintenant les choses avaient changé. Son cœur s'était remis à battre.

Calme-toi, se dit-il. *Tu as ressenti la même chose quand tu as rencontré Barry, tu t'en souviens ? Ne te laisse pas emporter. Prends ton temps. Reste cool.*

Mais il voulait en parler à quelqu'un. Son cœur allait exploser s'il ne le faisait pas. Mais qui ? Qui ça intéresserait de l'entendre dire ça ? La personne désignée dans n'importe quelle autre situation serait Lynn. Il sortit son téléphone portable de la poche de son jean mais alors il se souvint : Lynn était sortie avec Chip.

Que penserait Lynn de tout ça ? La culpabilité de Foster obscurcit sa soirée. Quelle que soit les hauteurs qu'il avait atteintes, il redescendit et il continua à marcher, la tête maintenant baissée et les mains dans les poches.

CHIP S'ÉLOIGNA de l'arbre, presque en bondissant. De toute façon il avait vraiment l'impression d'avoir bondi. Ses pas étaient légers pour autant qu'il s'en souvienne. S'il choisissait de partir au galop, même son genou défaillant (une vieille blessure de football) ne pourrait pas le ralentir. Il prévoyait d'appeler Foster pour organiser un rendez-vous. Il supposait que les rendez-vous amoureux entre hommes fonctionnaient de la même façon que ceux avec des femmes. Quelles différences pourrait-il y avoir ?

À mi-chemin entre le campus et son appartement en ville, excité et incapable d'attendre le lendemain, il sortit son téléphone portable et composa le numéro de Foster – ils se les étaient échangés dans la soirée. Au bout de deux sonneries le chapelain répondit joyeusement.

Chip ne perdit pas plus de temps.

— Ça te dirait d'aller quelque part ?

Les lumières des maisons et des voitures devant lesquelles il passait durant son court trajet ressemblaient au regard d'un public impatient.

Il y eut une légère hésitation durant laquelle Chip se dit qu'il fondrait en larmes si Foster refusait, mais celui-ci répondit : « O-oui. J'adorerais ça. »

Chip lâcha un soupir de soulagement peu discret.

— Génial ! Pourquoi pas ce week-end ? Peut-être la pièce que joue la troupe de théâtre de l'université. Et puis peut-être un dîner… ou bien, on peut dîner d'abord. Ça m'est égal.

Il nota mentalement : *Pas d'ail !*

— Ça me semble parfait, dit Foster.

Ravivé par sa victoire, Chip voulait mettre fin à l'appel le plus vite possible avant que Foster ne change d'avis. Ils se dirent rapidement au revoir et raccrochèrent. Chip sentit des frissons lui parcourir la nuque et les bras. Cette sensation le fit rire.

FOSTER S'ASSIT sur la chaise-longue usée de son appartement et fixa son téléphone du regard. *Comme c'est bizarre*, se dit-il. *Que ça arrive ici et maintenant, après y avoir renoncé.*

Et il pensa à Lynn et au fait qu'il faudrait bien lui en parler. *Mais pourquoi ? Et si ça n'allait pas plus loin ? En plus, ils faisaient une pause, non ?*

IV

BRAD SE balançait sur les pieds arrière de sa chaise. La conférence était mortellement ennuyeuse. Quand il avait choisi comme matière « l'Angleterre au temps de la sorcellerie », il s'était attendu à quelque chose d'amusant. « Comme des dragons et compagnie, » avait-il expliqué à Jason. Mais ce n'était rien d'autre que des conférences et de l'Histoire. Il ne pouvait pas tricher à un examen d'Histoire. L'Histoire, c'était nul. Point. Fin de la discussion. Dieu merci, il était au fond de la classe près de la fenêtre. Il pouvait regarder dehors en direction de la pelouse centrale, le cours en bruit de fond, et laisser son esprit vagabonder. Et avec le rebord de la fenêtre juste à côté, il avait une chose à laquelle se rattraper s'il perdait l'équilibre pendant ses acrobaties avec sa chaise. Trevor Moore, qui était assis au premier rang, avait essayé une fois de se balancer sur les pieds de sa chaise et était immédiatement tombé à la renverse. Brad avait trouvé que c'était la chose la plus drôle qu'il ait jamais vue. Il en avait ri pendant des semaines.

— Putain, quel crétin ! avait-il dit à Jason.

Brad étudia le gazon. Le professeur – un homme ennuyeux avec des cheveux ennuyeux – parlait d'une voix monotone tout en écrivant sur le tableau. Brad remarqua Jason en bas, une jambe posée sur un banc tandis qu'il refaisait ses lacets. Brad aimait la courbure du corps de Jason. Il était semblable à un arbre en pleine tempête, un de ceux qui ne céderaient jamais. Jason aurait fait un grand skateur, se dit Brad. Il en avait l'allure : les cheveux longs, les teeshirts usés, les vêtements trop grands et débraillés. Brad voulut appeler son ami et fut à deux doigts de siffler. Cependant, à ce moment-là, quelque chose attira l'attention de Jason qui se redressa de sa charmante position penchée.

Les poils de Brad se hérissèrent de jalousie quand il vit de qui il s'agissait : Brock O'Connell, un étudiant en théâtre qui ne cachait pas son attirance pour Jason. Même pendant les fêtes, où Jason restait avec Brad, Brock le draguait ouvertement. Intérieurement, Brad rageait, mais c'était tout ce qu'il pouvait faire, non ? Il ne pouvait pas balancer de but en blanc : « Touche-le encore et je te démonte le bras. » Brock touchait toujours le bras de Jason un peu trop longtemps ou lui souriait avec un peu trop de délicatesse.

Brad s'accrocha à son bureau avec une furieuse envie de l'arracher de son socle. Il ne pouvait pas entendre la discussion de Brock et Jason, mais Jason riait, ce qui semblait encourager Brock, tout mièvre et théâtral.

La jambe de Brad commença à trembler. Il fallait qu'il y aille. Il fallait qu'il interrompe cette conversation. Qui savait ce que racontait Brock ! Il pourrait essayer d'obtenir sournoisement un rendez-vous. Il était hors de question que Brad laisse un truc pareil arriver. Chaque fois que Brock touchait Jason, Brad ressentait un sursaut de rage.

Il s'excusa pour aller aux toilettes. Tous les autres étudiants y virent une urgence ; il faisait tomber des feuilles dans son sillage. Pourtant, il dépassa les toilettes et dévala les escaliers aussi vite qu'il le put. Quand il passa la porte d'entrée de l'amphithéâtre au pas de charge, à bout de souffle, Jason était tout seul à le regarder, ses livres à ses côtés. Brad ralentit.

— Tu n'as pas cours ? demanda Jason.

Il avait un air irréprochable et légèrement amusé.

— Si… J'ai besoin d'une pause.

Brad chercha les bons mots en bafouillant.

— Hé… euh… c'était qui ? Je veux dire, Brock voulait quelque chose ? Vous parliez de quoi ?

Ses questions nerveuses étaient accentuées par sa forte respiration et par la position bizarre de ses mains sur ses hanches dans une tentative ratée de décontraction.

— Rien d'important. Je pensais auditionner pour une pièce. Il m'a envoyé un e-mail à ce sujet. Il disait que je conviendrais pour le rôle.

— Vraiment ? Pourquoi ? Je veux dire, une pièce… tu ne devrais peut-être pas, tu sais.

— Pourquoi pas ? Je suis doué. C'est toi-même qui l'as dit l'an dernier quand j'ai joué dans *Candide*.

— Oui, enfin, bien sûr que tu es doué. Tu es génial ! Mieux que ces idiots du département de théâtre. Mais tu veux vraiment passer tout ce temps avec Brock ? Tu vas lui briser le cœur quand il découvrira que tu ne ressens rien pour lui. Tu vas lui briser son petit cœur théâtral !

Jason se mit à rire.

— Depuis quand tu t'inquiètes pour le cœur de O'Connell, théâtral ou non ?

Brad en resta coi. Il ne sut quoi dire. Si ça avait été n'importe qui d'autre, il l'aurait frappé, et ça se serait terminé comme ça. La personne aurait fini par faire exactement ce qu'il voulait.

Après une minute, Jason secoua la tête en laissant apparaître un sourire oblique.

— Retourne en cours, mon vieux, dit-il. Il te faut de bonnes notes.

Il pivota et commença à s'éloigner.

— D'accord, l'appela Brad, les mains toujours posées sur les hanches. On en reparlera plus tard.

Jason lui dit au revoir d'un signe de main. Bien sûr, il n'avait ni l'intention de jouer dans la pièce ni celle de faire marcher Brock O'Connell. C'était un test. Un effort d'investigation. Jason savait que Brad était en cours ; il savait que Brad rêvasserait et regarderait par la fenêtre ; et il savait que s'il programmait ça à la perfection, il pourrait avoir une réponse à une question tenace. Une sorte d'assurance. Et il l'avait eu. Pas avec des mots mais avec des actes. Il sourit joyeusement en retournant au dortoir.

Foster balayait le parquet de la chapelle. Du pin noueux, paraît-il. Un peu subversif pour un lieu de culte. Le parquet était couvert de moquette autrefois, avait-il entendu dire, mais un de ces orages effrayants du Midwest avait fait passer un arbre par le toit et ils avaient dû tout rebâtir. Ils avaient retiré la moquette mais avaient ensuite oublié de la remplacer.

Il y avait une famille d'oiseaux dans le poêle à bois désormais inutilisé. Leurs battements d'ailes tenaient compagnie à Foster pendant qu'il balayait. Il se sentait un peu comme un personnage de vieux film, balayant la chapelle et donnant des conseils avisés aux femmes volages et aux orphelins espiègles. C'était tout ce qu'il lui fallait : une femme volage ou un orphelin espiègle. Il ne leur serait pas d'une grand aide. Après la soirée précédente, il se sentait lui-même un peu volage et espiègle.

— Hé, Foster.

La voix de Lynn le fit sursauter. Elle se tenait sur le pas de la porte et une lueur diffuse auréolait sa silhouette. Au début, il s'imagina qu'elle était venue lui lancer un défi par rapport à Chip. Mais c'était ridicule pour deux raisons : elle ne pouvait rien savoir de cette histoire à moins que Chip ne lui en ait parlé et, de toute façon, elle n'était pas du genre provocateur. Cependant, cela ne mit pas pour autant Foster plus à l'aise.

Elle entra et s'effondra sur un banc comme si c'était le canapé d'un cabinet de thérapeute. Foster s'assit à côté d'elle, le balai entre les jambes et la tête appuyée contre le manche.

— J'ai essayé d'appeler Chip hier soir, dit-elle. Je ne sais pas pourquoi mais je l'ai fait. Il n'a pas répondu.

Foster sentit son estomac le tirailler. Il se souvint que le téléphone de Chip avait sonné une ou deux fois, mais Chip n'avait pas décroché. Une de ces fois devait au moins être Lynn.

— Je suppose qu'il était dehors avec une autre femme.

Foster ne put dire s'il y avait ou non de la colère dans sa voix. Il ne s'y connaissait pas très bien en colère.

— Ça ne me gêne pas, je crois. Je veux dire, ça ne devrait pas, si ?

Elle le regarda pour avoir confirmation.

— Eh bien, tu as dit que vous pouviez fréquenter d'autres personnes, non ?

— Oui. C'est juste que je ne pensais pas qu'il se remettrait en selle aussi vite. En toute honnêteté, je voulais être la première à fréquenter quelqu'un d'autre.

— Alors, trouve quelqu'un. Pas besoin que ce soit M. Perfection. Trouve juste un type pour sortir en ville un soir.

Est-ce censé te faire te sentir mieux vis-à-vis de la situation, Foster ? C'est ton amie. Tu dois lui dire !

Mais au lieu de ça, il demanda :

— Et ce nouveau professeur de sciences ?

— Luke.

Son visage s'illumina.

— Oui, je me suis présentée à lui. Il est très gentil. Mais peu bavard. Mais, en soi, c'est sexy, tu ne trouves pas ?

Elle se redressa comme si elle venait d'avoir une révélation mais, en fait, son regard donnait toujours cette impression-là.

— Je vais le faire. Je vais lui demander de sortir avec moi. Ou je vais lui faire *me* demander de sortir avec lui.

— Je trouve que c'est une idée fantastique.

— Ça l'est. Pourquoi est-ce que Chip devrait être le seul à s'amuser ? Je vais inviter Luke.

Elle se leva et se pencha pour embrasser Foster sur le front.

— Merci, mon chou ! Tu sais toujours exactement quoi dire.

Sur ces paroles, elle quitta joyeusement la chapelle. Foster resta assis sur le banc même où Chip avait fait son raffut quelques jours plus tôt. Il s'appuya lourdement contre le manche de son balai et jeta un coup d'œil à la croix blanche qui était accrochée à l'avant de la chapelle. Il se mordit la langue pour avoir prononcé des paroles sarcastiques.

Il était midi. Il le sut non pas à cause d'un message divin en provenance de la croix mais grâce à la cloche qui retentit au sommet du bâtiment administratif situé directement en face de la pelouse centrale. Foster posa le balai contre le mur et traversa la pelouse. Il n'avait pas faim mais il se dit qu'il valait mieux mettre quelque chose dans son estomac malgré tout. L'école avait toujours des fruits frais. Cela irait très bien.

Le réfectoire était bondé, comme toujours à midi. Pourtant, peu de personnes se rendaient directement vers le comptoir des fruits, leur préférant des choix moins sains, ce qui permit à Foster d'y accéder rapidement. Il y avait des bananes, des pêches et des petits cubes de melon. Il y avait aussi d'autres fruits plus exotiques mais Foster prit une des pommes rouges éclatantes. On pouvait presque voir son reflet dans l'éclat de ces pommes.

Foster l'étudia pendant qu'il attendait pour payer. Les pommes lui faisaient penser au Jardin d'Eden, au péché originel. Toutes sortes de *tsstss* venant d'en-haut. Dieu semblait aimer faire ça. Soumettre à la tentation, puis interdire quiconque de la toucher. Foster se souvint qu'étant enfant il avait entendu son père dire que désirer simplement une femme par la pensée était un péché. Il se souvint du soulagement éprouvé de n'avoir jamais de problème de ce côté-là. Mais, à en croire les imbéciles qui pensaient savoir tout mieux que tout le monde, Dieu avait trouvé d'autres moyens de le réprimander. Parfois, Dieu pouvait être un vrai salaud.

Tandis qu'il retournait vers l'entrée du réfectoire, une voix retentissante l'interpella à travers la foule. Chip se leva et lui fit signe de la main de venir vers la table où il était assis avec Katie Hammond. L'invitation rendit Foster nerveux et l'excita en même temps.

— Assieds-toi, dit Chip.

Katie sourit et donna un coup de pied dans la chaise en face d'elle pour lui indiquer où s'asseoir. Elle était fidèle à son look breveté de queue de cheval et tenue de jogging.

— Je ne peux pas. Je dois retourner à la chapelle. Mais merci.

Il y avait une admiration notable entre Chip et Foster. Katie le vit. Ils ne se quittaient pas des yeux. Pas une seule seconde.

Foster fit courir ses doigts sur la peau douce de sa pomme.

— Je viens de voir Lynn, dit-il. Elle est passée quand j'étais là-bas.

Le visage de Chip ne changea pas.

— Qu'est-ce qu'elle avait à dire ?

Foster décida de ne pas rapporter leur conversation.

— Pas grand-chose. Elle s'est juste arrêtée pour dire bonjour.

— Puisque l'Homme des Cavernes ici présent ne va pas nous présenter correctement, je vais le faire moi-même, intervint Katie. Je suis Katie Hammond.

— Voici Katie Hammond, répéta Chip.

— Katie Hammond, c'est ça ?

Foster sourit en tendant sa main.

— Je vous aime bien, dit Katie en l'étudiant.

Elle se tourna vers Chip.

— Je l'aime bien. J'approuve.

Cela surprit les deux hommes qui s'observèrent mutuellement avant de la regarder de nouveau, confus. Elle fit mine de ne pas remarquer leur légère panique et continua à manger sa salade de fruits.

— C'est tout ce que tu prends ? demanda Chip en montrant la main de Foster. Une pomme ?

— Je ne mange pas beaucoup. Mauvaises habitudes de jeûne. Mais toi…

Il baissa les yeux vers l'assiette bien remplie de l'entraîneur. Elle n'était pas seulement pleine ; c'était un empilement de macaroni au fromage, de quatre types de viandes, de beignets d'oignons et d'encore plus de nourriture en dessous.

— Je l'élimine avec les garçons, se défendit Chip, un peu embarrassé.

— Je ne juge pas. Je suis jaloux.

Ce n'était pas vraiment un compliment mais, malgré tout, Chip devint écarlate. Katie ricana bruyamment.

— Je ferais mieux d'y aller, dit Foster. Tu crois qu'on pourrait se revoir ? J'ai vraiment apprécié notre conversation hier soir.

Avant même que Foster n'ait fini sa phrase, Chip répondait « oui ». Son grand cœur se mit à faire *boum boum boum*.

Chip et Katie restèrent assis en silence un moment pendant que Foster quittait le réfectoire. Le bruit de mastication des étudiants et des professeurs autour d'eux furent de nouveau audibles après avoir été étouffés par la voix de Foster. Chip oublia pratiquement la présence de Katie jusqu'à ce qu'elle lui frappe la cuisse.

— T'es encore là ? demanda-t-elle en rigolant.

— Quoi ?

— Cours-lui après, champion !

— Non. Je ne… Je ne crois pas…

— C'est des conneries, mon grand. Je n'ai jamais vu de telles roucoulades de toute ma vie. Maintenant, mange ton repas. Quelque chose me dit que tu vas avoir besoin d'énergie.

L'ÉQUIPE FUT surprise quand le Coach Arnold les laissât quitter l'entraînement plus tôt. Ils avaient très mal joué toute l'année et n'avaient gagné qu'une seule rencontre. Pourtant l'entraîneur avait semblé d'excellente humeur. Il n'avait pas hurlé à leur en crever les tympans, comme à son habitude, de toute l'après-midi. Même quand l'un des gars avait clairement merdé, le Coach Arnold s'était contenté de sourire et de secouer la tête comme s'il était amusé par la maladresse d'un jeune enfant.

— Qu'est-ce qui lui arrive ? demanda Jason à Brad.

— Je sais pas. Mais j'aime ça.

Comme ils n'avaient vraiment rien d'autre à faire de leur après-midi, et que ni Brad ni Jason n'était du genre à paresser, ils décidèrent de se rendre à la salle de sport. Après tout, il leur restait plein d'énergie à dépenser. Toutes *sortes* d'énergie refoulée.

Quelques membres de leur équipe avaient eu la même idée. Trevor Moore était là avec deux des joueurs de foot les plus populaires qui supportaient sa présence uniquement parce que son père était un assez célèbre joueur de football américain. Trevor vivait de cette célébrité. Sans elle, il aurait été au fond du puits.

Jason assembla les poids pour le développé-couché de Brad. Brad arrivait toujours à faire bien plus que Jason en matière d'haltérophilie, aussi, quand ils faisaient leurs exercices ensemble, il y avait des temps morts significatifs entre chaque série pour changer les plateaux. Parfois ça ressemblait plus à une discussion en société qu'à un réel entraînement physique.

— J'étais en train de penser à un truc, dit Jason. Le Coach Arnold est d'excellente humeur dernièrement. Ça ne lui ressemble pas du tout. Tu crois qu'il est tombé amoureux ? Je ne suis pas un fan de mariages. J'espère qu'il ne me demandera pas d'assister au sien.

Brad était allongé sur le banc.

— Possible. Tu crois que le Professeur Hewes et lui se sont remis ensemble ?

— Je vais te dire ce que je pense, dit Jason en se penchant au-dessus du banc, debout derrière Brad. Tu les as vus, lui et le nouvel aumônier, pendant le repas ce midi ?

Brad s'assit immédiatement et se tourna pour faire face à Jason.

— Tu crois que lui et l'entraîneur...

Jason haussa les épaules.

— C'est sûr qu'il y avait quelque chose. Le Coach avait l'air gêné et il est devenu tout rouge. C'était le truc le plus bizarre que j'ai jamais vu. D'habitude, le Coach Arnold ne se laisse démonter par rien. Pourtant, il était clairement intimidé dans le réfectoire.

— De manière positive ?

— Pas mauvaise en tout cas.

Bien sûr, Trevor, installé sur le poste voisin et ne manquant jamais une occasion de se faire remarquer des athlètes les plus populaires, ne put s'empêcher de commenter la situation. Trevor avait l'habitude de s'immiscer dans des conversations qui ne le concernaient pas. C'était une des choses chez lui qui ennuyait le plus Brad.

— T'es à la masse, dit Trevor.

Ça, en tout cas, ça faisait enrager Brad. Personne, excepté lui, n'avait le droit de dire que Jason était « à la masse ».

— L'entraîneur n'est pas gay, continua Trevor. Vous pensez tous les deux que tout le monde est gay. Le monde entier serait gay si on vous laissait faire.

Trevor mima une petite danse, un truc loufoque stéréotypé avec des mains jazzy et des déhanchements exagérés. Cela encouragea les rires – pas des rires francs, cela dit – des autres garçons.

Brad se leva, les poings déjà serrés.

— Je vais te détruire si tu dis un putain de mot de plus.

— Relax, espèce de brute, rétorqua Trevor. Toi et ton pote pouvez quand même rester ensemble. Je voterai pour votre mariage.

C'est à ce moment-là que quelque chose de tout nouveau se produisit. Il était évident que Brad perdrait son calme et qu'il se ferait mettre à porte de la salle de sport avec Trevor pour le reste de la journée. Brad avait un tempérament explosif et Trevor savait sur quels boutons appuyer. Mais, avant que ça ne puisse arriver, le poing de Jason rencontra violemment le visage de Trevor dans un « paf » sonore. Trevor jura tandis que du sang giclait de sa bouche.

Tout le monde fut choqué par la démonstration de violence de Jason, mais aucun plus que Brad. Il était estomaqué. Du sang s'écoulait du visage de Trevor et formait une flaque autour de lui. Une fois passé le choc initial, Brad sentit monter en lui un autre sentiment : la fierté. Jason s'était relevé pour lui comme il l'aurait fait pour Jason. Son honneur avait été sauvé.

Trevor sanglotait.

— Mec ! hurla-t-il en courant vers les vestiaires.

Les types populaires, dont les yeux passèrent de la taille de soucoupe à celle de... soucoupes plus petites, commencèrent à éclater de rires sincères.

— Qui aurait cru que t'avais ça en toi ? lança l'un d'eux.

En effet, reconnut Jason. Il se tourna vers Brad, qui commençait aussi à sourire, et tous se remirent à rire.

Longtemps après, Brad surfait encore sur une vague d'ivresse. Il ne put dormir de toute la nuit et fut encore plus insupportablement bruyant que d'habitude. Jason passait un examen le lendemain matin, alors il avait besoin de sommeil. Durant toute la nuit, Brad erra dans les chambres dont les occupants étaient réveillés. À deux heures du matin, il était ivre mort, célébrant quelque chose qu'il n'arrivait pas à identifier. Au cours de la nuit, Jason sortit dans le couloir à plusieurs reprises et secoua la tête d'un air faussement irrité. Brad le voyait et souriait en levant sa bière vers lui comme pour porter un toast.

Aux environs de midi le lendemain, une fois que le brouillard alcoolique eut commencé à se dissiper – ce qui prit quelques temps, vu que Brad avait bu sa dernière bière à six heures du matin – Brad errait autour de la pelouse centrale. Son intention première était de se rendre en cours mais une question commençait à lui peser lourdement. Si les choses avec Jason prenaient le tournant qu'il espérait, il devrait changer. Dans l'ensemble, Jason était calme et réservé, à moins que son démon tapageur intérieur ne se manifeste. De l'avis de tous, Brad *était* un démon ; Jason était plus doux. Brad, ayant été élevé comme ça, ne savait rien de la douceur. Il connaissait le bruit et la brutalité. Il était doué pour le bruit et la brutalité. Mais il ne connaissait rien à la douceur.

Ses sentiments étaient mélangés et confus. Il voulait être avec Jason mais beaucoup de choses indiquaient que ce serait une mauvaise idée. Il n'était plus question de savoir si Jason ressentait quelque chose pour Brad. Le baiser devant lequel Brad avait fui en était une preuve suffisante. Mais combien de temps cela prendrait-il avant que la monstruosité tapageuse de Brad ne tape sur les nerfs de Jason ? Il devait apprendre à être plus doux, plus délicat. Mais étaitce même possible ? Son étouffant sentiment d'infériorité combiné à son puissant désir le ferait bientôt tourner en rond, au sens propre comme au sens figuré. Il était dans un cercle vicieux et sa tête risquait d'exploser s'il n'en parlait pas.

Levant le regard du trottoir, il remarqua qu'il était pile devant la chapelle. Il n'était pas catholique ni même du tout croyant, mais il haussa les épaules.

— Bah ! Va parler à Dieu.

Et il rentra. Si Jason avait raison, le nouvel aumônier compatirait à sa détresse.

La chapelle était vide quand il y pénétra. Le sol craqua comme le ferait un vieux parquet. Tout semblait faire légèrement écho : la porte qui se fermait, chacun de ses pas. Il appela le chapelain et, peu de temps après, Foster sortit de son bureau, à droite de la chaire. Il sourit avec tellement d'amabilité que Brad oublia immédiatement toute l'appréhension qu'il avait à se confier à cet homme.

— J'ai besoin de me confesser, dit Brad.

Foster était confus.

— De quoi ?

— Juste… me confesser, vous savez. Comme ils le font dans les films.

Les yeux de Brad étaient flous et rouges suite à la nuit blanche et à l'excès de boisson. Il se demanda s'il se tenait droit.

— D'accord. Je peux faire ça. Tu es catholique ?

— Non. C'est important ?

— Non. Mais il y a un psychologue dans le bâtiment administratif. Ce serait peut-être une meilleure voie.

— Non.

Brad n'avait jamais fait confiance aux psychologues et aux psychiatres.

— Je veux me confesser à vous. Il y a une cabine ou un truc comme ça ?

— Normalement, il devrait y avoir un confessionnal, mais comme nous accueillons toutes les croyances, cela pourrait être interprété comme du favoritisme.

— Oh.

Brad regarda tout autour de lui, un peu nerveux. Il perdait courage.

Foster reconnut ce sentiment et lui offrit une solution.

— Pourquoi ne pas te mettre juste derrière la porte de mon bureau, et moi je resterai à l'extérieur. On laissera la porte entrouverte, comme ça tu pourras te confesser. C'est l'heure du déjeuner, alors je doute que quelqu'un vienne. Nous n'avons même pas besoin de suivre les règles. Parle-moi, c'est tout.

L'idée plut à Brad, qui accepta immédiatement, posa ses livres sur un banc et alla s'installer dans le bureau du chapelain. L'aumônier se plaça de l'autre côté.

— Alors, comment ça fonctionne ?

— Dis-moi simplement ce qui te préoccupe.

— Eh bien, mon Père... euh, Monsieur, je crois que je suis amoureux.

— C'est merveilleux !

— D'un autre gars...

— C'est toujours merveilleux.

Aucun jugement. Brad laissa échapper un lourd soupir de soulagement.

— C'est mon meilleur pote, Jason. J'ai l'impression que je vais exploser si je ne peux pas être avec lui. Enfin... je suis avec lui tout le temps, mais juste comme ami. Je veux être plus, vous comprenez ?

Pas de réponse mais Brad sentait que l'aumônier, de l'autre côté de la porte, le comprenait parfaitement. Cela l'encouragea à continuer.

— Quand il frôle ma main, je me sens brûlant et tout excité. Je rêve de lui aussi. Et ce sont des rêves torrides, mon Père. Vraiment torrides. J'ai envie... de lui faire des choses.

Foster se racla la gorge avec un léger brin d'appréhension.

— Quel genre de choses ?

— Des choses sales.

Sa voix monta dans un grondement qui fit reculer Foster.

— Je veux le baiser. Je veux le baiser tellement fort. Et je veux qu'il me baise.

— Je vois.

Une réponse timide, apeurée.

Brad essaya de contenir sa voix.

— J'ai toujours ressenti un truc différent pour lui par rapport aux autres mecs, mais je pensais que c'était juste parce qu'on était très bons amis. Puis, l'an dernier, pendant un entraînement de lutte... eh bien, les lutteurs ont constamment la trique. C'est comme ça. On n'y peut rien. Toute cette friction finit par causer un peu d'excitation, vous comprenez ?

Un toussotement.

— Oui.

— Mais, l'an dernier, Jason et moi avons joui directement dans notre tenue d'entraînement, en même temps, juste au moment où je l'ai plaqué au sol. Comme dans un porno. C'était génial mais ça nous a aussi fait paniquer tous les deux. Depuis, il s'est passé d'autres trucs, mais vous voyez le topo, non ?

— Oui.

— Mais ce n'est pas juste physique. Il y a autre chose. Quelque chose de plus profond sur lequel je n'arrive pas à mettre de nom. Ça m'attire vers lui. Je veux être avec lui dans tous les sens du terme. Je veux être assez bien pour lui.

Brad prit le silence de Foster comme une réponse. Comme quand un psy reste silencieux afin que le cinglé sur le canapé arrive tout seul à une conclusion. Brad aimait cette tactique. Ça lui donnait le sentiment de maîtriser la situation. Peut-être que les psys n'étaient pas si mauvais après tout.

— Ouf ! conclut Brad quelques instants plus tard. Merci, mon Père. J'avais besoin de lever ce poids de ma poitrine.

Il fit un pas en dehors du bureau du chapelain et donna une tape amicale sur l'épaule Foster.

— Vous êtes le meilleur, déclara-t-il.

Foster sourit du mieux qu'il put vu le récit érotique qu'il venait juste d'entendre et attendit que Brad ait quitté la chapelle pour s'asseoir sur un banc et souffler.

— Il devrait mettre ce truc par écrit. Il se ferait une vraie petite fortune.

La chapelle était soudainement devenue insupportablement chaude. Foster tira sur son col et imagina la scène de lutte, excepté que c'était Chip et lui à la place de Brad et Jason.

— Pensées libidineuses, se réprimanda-t-il.

Il inspira une nouvelle fois et sortit sans se presser. L'air frais lui fit du bien, chassant de son esprit des désirs qui étaient jusqu'à maintenant inaccessibles. Il se promena autour de la pelouse centrale, puis se dirigea vers le bord du fleuve. C'était une journée magnifique et il fut capable de se vider la tête en restant debout à regarder l'eau. Le climat plus frais de l'automne arrivait à peine et une touche de couleur commençait à apparaître dans les rangées d'arbres qui bordaient les deux rives du fleuve. Il n'y avait pas un seul bateau en vue.

Depuis qu'il était arrivé à l'Université de Verona, Foster était constamment surpris de constater que les étudiants préféraient se rendre à l'imposant réfectoire plutôt que de prendre leurs repas sur la rive : il n'en avait encore jamais vu aucun par ici. Il supposait que c'était très facile de tout considérer comme acquis. Quand on s'habitue à une chose, même si elle est merveilleuse, sa beauté finit en quelque sorte camouflée par le reste du monde.

Quand Foster vit Chip arriver vers lui en courant, le tee-shirt mouillé et le short court (avec un short pareil, comment *pouvait*-il être hétérosexuel ?), l'envie première de Foster fut d'aller à sa rencontre et de sentir à nouveau son étreinte. C'était en grande partie dû aux résidus de désir dans son sang qui réagissaient avec l'air purificateur ambiant. Cependant, il s'abstint d'afficher une si flagrante preuve d'attirance et agita simplement la main. Chip trébucha légèrement mais reprit sa course et afficha un large sourire en augmentant sa vitesse pour atteindre l'endroit où se tenait maintenant Foster.

— T'as quitté la chapelle ?

Chip respirait bruyamment, les mains posées sur ses hanches. Foster aimait cette vision. Le vieux tee-shirt lui moulait le torse, et Foster ne pouvait rien y trouver à redire. Chip s'essuya le front. Il était détendu, ou du moins plus détendu qu'il ne l'avait déjà été en présence de Foster.

— Oui. Ça devenait un peu étouffant là-dedans.

— Pour ce que j'en ai entendu, Dieu est un grand type et c'est une église plutôt petite.

— C'est vrai. Pourquoi n'es-tu pas en train de te remplir l'estomac ? C'est l'heure du déjeuner.

— J'ai mangé plus tôt. Trop tôt peut-être. C'est plus difficile pour moi de garder la forme en vieillissant.

Il se frotta le ventre comme s'il était tout sauf plat et ferme.

— Alors, on mange avant ou après la pièce demain soir ?

— Pourquoi ne pas se retrouver devant le théâtre et grignoter quelque chose après ? Peut-être dans un petit pub ?

— J'en connais quelques-uns.

Chip s'étira en faisant de son mieux pour montrer ses biceps dans le processus. Cela ne passa pas inaperçu aux yeux de Foster qui virait déjà écarlate et bouillonnait.

— Je peux t'emmener dans un petit trou sympa.

— Pas de glory hole [2], je te prie, le taquina Foster.

Chip ne comprit pas l'allusion, mais rit tout de même.

Au-dessus d'eux leur parvint une sorte d'aboiement aigu, comme un oiseau agité.

— Qu'est-ce que c'est ? se demanda Foster.

— On doit foutre en rogne un écureuil, à être trop près de son arbre.

— Un écureuil ?

Foster n'avait jamais entendu un écureuil faire de bruit auparavant, encore moins aboyer. Cela semblait être un bruit trop colérique pour venir d'une créature si petite.

— Oui. Ce sont des petites choses furieuses. Je déteste les écureuils.

Foster trouva la remarque amusante.

— Comment peut-on détester les écureuils ? Ils sont si mignons, si inoffensifs.

— Attends de te prendre un coup sur la tête et tu les détesteras toi aussi.

Foster le regarda avec doute et confusion.

— Oh oui. Ils te balancent leurs glands et leurs machins droit sur la tête si tu les énerves.

— Je n'y crois pas.

— Attends de voir. Les écureuils de ce campus sont bien trop à l'aise en présence des humains. Quand tu en mettras un en colère, il te frappera sur la tête.

Chip s'amusait visiblement de transmettre cet échantillon de savoir à Foster. Il aimait voir les yeux de Foster s'illuminer d'émerveillement à cette nouvelle révélation.

— Je te jure. Une fois, j'en ai vu trois ou quatre se liguer contre le vieux Wendell. J'ai dû venir à son secours.

— Là, c'est sûr, tu te payes ma tête !

— Oui. Sur ce dernier coup. Trop loin, hein ?

— Juste un peu, déclara Foster en faisant un clin d'œil.

L'écureuil aboya encore en guise de nouvel avertissement.

— Je crois qu'on devrait bouger. Tyran ! beugla-t-il vers l'arbre. De toute façon, il faut que je retourne à la salle de sport pour prendre une

---

2 NDT : Un « Glory Hole » (idiotisme signifiant littéralement « trou de la gloire ») est un trou pratiqué dans un mur à des fins sexuelles, que l'on retrouve principalement dans les établissements réservés aux adultes.

douche. J'ai quelques trucs à revoir avec certains de mes gars dans une heure. On se voit demain à vingt-heures ?

— Ça me va.

— Fantastique, dit Chip, donnant une bonne claque sur les fesses du chapelain avant de détaler à toute vitesse.

Foster regarda l'entraîneur s'éloigner tout en posant ses mains sur ses fesses. L'écureuil aboya plus fort qu'avant. Foster craignait presque maintenant de recevoir sur la tête une noix jetée par l'animal.

— Je m'en vais ! Je m'en vais !

CHASSÉ PAR l'aboiement de l'écureuil en colère, Foster fit le trajet retour vers la pelouse centrale et la chapelle avec un sentiment de bien-être. Des pensées moins agréables concernant les cachotteries qu'il faisait à Lynn ternirent certains moments, mais il choisit de les écarter. Il réfléchirait à tout ça après le rendez-vous, une fois la soirée achevée. Ce serait la seule façon honnête d'évaluer la situation. Après ce soir, il saurait s'il y avait vraiment quelque chose à porter à l'attention de Lynn. Et si ça n'allait pas plus loin ? Alors il s'inquiétait pour rien.

Malgré tout, il savait qu'il ne faisait qu'accorder un peu de répit à sa conscience.

La maison du président était située à côté de la chapelle, mais un peu en retrait par rapport à la pelouse centrale afin de ne pas donner l'impression d'être une annexe de la petite église. C'était une immense maison de style Georgien, bien que plus petite que les amphithéâtres qui l'entouraient. L'avant de la maison offrait une vue directe sur le fleuve et un immense topiaire, qui rappelait toujours à Foster ses séjours dans des parcs d'attraction, jaillissait du centre d'une allée en brique rouge. Le jardin de derrière était un endroit très agréable pour prendre le petit déjeuner, bien que personne n'en prenne plus ici. L'épouse de Wendell Hall était décédée environ dix ans plus tôt et sa fille vivait à des milliers de kilomètres. Wendell n'aimait pas manger seul. D'une certaine façon, cela semblait égoïste.

Parfois, Foster passait par le jardin de derrière pour se rendre à la chapelle. Cela ne posait aucun problème à Wendell. Il n'octroyait pas ce privilège à tout le monde, sinon le jardin ne ressemblerait plus à rien et il ne pourrait plus accueillir les réceptions des administrateurs. Mais il appréciait Foster et c'était la seule raison qu'il lui fallait. Wendell n'avait pas beaucoup d'amis. Quand il se prenait d'affection pour quelqu'un, il espérait que cette personne accepterait certains privilèges et qu'il aurait lui-même de la visite pendant quelques minutes de temps à autre. C'était ce qui se passait cet après-midi.

Alors que Foster coupait par le jardin, il vit Wendell assis à la table en fonte au milieu des fleurs et des arbres. Wendell espérait attraper un ami pendant qu'il sirotait son thé. Foster trouva cela étrangement charmant et un brin prédateur en même temps. *La toile de Wendell*. Le vieil homme offrit un siège à Foster, que celui-ci accepta volontiers.

Après avoir étudié le visage de Foster pendant quelques minutes, Wendell prit une gorgée de thé, puis il se mit à parler.

— Vous avez l'air d'un homme amoureux.

Foster fut surpris par cette conclusion.

— Vraiment ?

— C'est écrit sur votre visage. Je peux le lire. J'ai eu le même visage pendant quarante ans avec ma femme, Lucille. J'y faisais toujours référence en tant que bon côté de la folie.

— Elle vous rendait toujours dingue, votre épouse ? Après quarante ans ?

— C'est toujours le cas. Je me réveille chaque matin dans mon lit et je regarde son doux visage. À côté de mon lit, il y a une photo de nous deux le jour où j'ai accepté ce travail. Quand vous verrez cette photo, vous comprendrez ce que je veux dire. Je porte le même air de « bon côté de la folie » que celui vous avez en ce moment même.

— Je suis peut-être en train de tomber amoureux.

Les yeux de Foster cherchèrent une réponse dans le jardin. Un chérubin en fer jouait près d'un bassin pour oiseaux prêt à s'effondrer.

— Qui est la petite chanceuse ? Est-ce Lynn Hewes ? Elle est adorable, hein ?

Foster sourit et ses yeux revinrent se poser sur l'homme plus âgé.

— Je crois que je suis en train de tomber amoureux du Coach Arnold.

Confusion absolue de la part de Wendell.

— Bon, bon, bon, bon... C'est extraordinaire. Ressent-il la même chose ? Je croyais qu'il était...

Le pauvre homme avait presque fait une attaque, mais au moins il essayait de montrer du soutien à travers son désarroi. Au cours des années passées dans cette université, il avait probablement tout vu. Ou du moins le pensait-il.

— Je crois que oui.

Wendell inspira profondément, prit un air pensif, puis hocha la tête.

— Mais vous avez été blessé autrefois, c'est ça ? Et vous ne voulez pas que ça se reproduise.

— J'ai un peu peur, oui.

— Vous savez ce qui est arrivé à l'aumônier qui vous a précédé ici ? C'était un brave homme. Assez brave en tout cas. Mais, à part s'occuper des affaires religieuses, il vivait renfermé sur lui-même. Il n'a jamais assisté aux nombreuses réceptions organisées pour le corps enseignant. Personne n'a eu l'occasion de le connaître. Il est mort sur l'un de ses bancs dans la chapelle au printemps dernier.

Pas étonnant qu'ils aient été remplacés, se dit Foster.

— Il est mort en solitaire. Seule une poignée de personnes ont assisté à ses funérailles. Quand ils ont nettoyé son bureau, ils ont trouvé plusieurs catalogues de voyage ainsi que des listes d'endroits où il voulait aller. Ils sont même tombés sur une brochure pour l'une de ces croisières de rencontre. Il n'a rien fait de tout ça. Le pauvre homme était coincé.

— Vous dites que je devrais faire attention à ne pas devenir comme lui.

— Non. Je dis que vous devriez poursuivre votre histoire avec le Coach Arnold quel que soit l'endroit où cela vous mènera. Faites ce que vous, les gay, faites. Il faut que vous ayez envie d'essayer. Il faut que vous ayez envie de faire face à cette peur chaque matin. De faire face à l'aventure de la vie. N'est-ce pas ?

C'était une question posée de manière innocente, pas dans l'intention de lui faire la leçon.

Foster ne voulait pas être retrouvé mort sur un banc un jour dans un futur éloigné. Il ne pouvait pas s'imaginer mourir seul. Il pouvait seulement voir Chip. Il réalisa qu'il était *prêt* à essayer. Même si cela signifiait un échec éventuel, il était prêt à voir où cette histoire, comme la nommait Wendell, pourrait le mener.

Wendell sursauta comme s'il était assis sur une aiguille.

— Quel malpoli je fais, s'écria-t-il. Vous voulez du thé ?

— Avec plaisir.

Foster n'avait jamais été un fan de thé.

LA NUIT suivante, les deux hommes se retrouvèrent comme convenu devant le théâtre Lewis J. Sayers. Ils arrivèrent tous les deux en avance et attendirent à l'extérieur avant d'entrer pour prendre leurs places. Ce n'était pas une attente gênée. Il y avait quelque chose de rassurant dans les moments de silence entre eux. Cela aurait été le cas même sans les voix des autres spectateurs. Chip s'imaginait que les gens mariés depuis des dizaines d'année devaient ressentir quelque chose de semblable.

Le président Wendell Hall les vit et leur sourit depuis son fauteuil en guise de bonsoir. Ce fut le seul regard extérieur que Chip remarqua, bien qu'il fût certain qu'il y en ait d'autres. Après tout, pourquoi pas ? Il était accompagné du plus séduisant rencard de toute l'assistance.

La pièce – un truc intitulé *Les Médiums* – passa totalement inaperçue aux yeux de Foster et de Chip, mais pas en raison de sa qualité. Foster avait entendu dire qu'elle avait remporté plusieurs prix et il était certain qu'elle en valait le coup mais, ce soir, il faisait davantage attention à la chaleur qui grimpait entre lui et son rendez-vous. Il se demanda si les gens autour d'eux pouvaient aussi la sentir. Quelle température peut atteindre un corps humain avant de prendre feu ou de commencer à fondre ?

Durant toute la représentation, les doigts de Chip frôlèrent légèrement ceux de Foster. Celui-ci n'osait pas bouger les siens. Il pouvait sentir la montée de chaleur en Chip. Il pouvait sentir les doigts de Chip picoter comme si c'était les siens.

Contrôle ta respiration, Foster. Tu n'as pas envie d'avoir l'air en rut au milieu d'une représentation théâtrale. Souviens-toi de l'établissement dans lequel tu te trouves. Ces parents et ces administrateurs n'hésiteraient pas à te renvoyer. Seigneur ! J'ai un rendez-vous galant. Je n'ai pas eu de rendez-vous amoureux depuis des années. Qu'est-ce qu'il faut faire ? J'ai oublié comment agir. Ne sois pas nerveux. Tu vas devoir parler avec lui plus tard dans la soirée. Trébucher sur les mots serait un signe évident de la petite fille hystérique et brailleuse qui est en toi.

Voyant que Foster ne fuyait pas quand il lui touchait les doigts, Chip étendit ses jambes comme s'il s'étirait afin d'en appuyer une contre celle de Foster. *Trop loin ? Merde. Est-ce que je viens d'aller trop loin ? Il a sursauté. Punaise, pourquoi je suis aussi agressif ? Il doit vouloir y aller doucement. Souviens-toi de ce qu'il a traversé, crétin. Il a été blessé par un type juste comme moi... Mais il ne s'écarte pas. Je crois même qu'il se colle à ma jambe. Torride ! Courage ! Prends sa main. Allez, prends-là. Tes paumes ne sont pas si moites que ça.*

Et il le fit. Lentement, il regarda Foster. L'aumônier gardait les yeux rivés sur la scène, mais il souriait à Chip. Foster lui serra la main et

Chip soupira de bonheur. Il essayerait de regarder la pièce maintenant. Il essayerait, si seulement l'anxieux adolescent gay en lui le laissait faire.

Une fois la pièce terminée, après que Chip et Foster eurent traversé en silence les bousculades de la foule, leurs mains chaudes toujours l'une dans l'autre, ils sortirent dans l'air nocturne. Le théâtre avait des reflets blancs sous la lune. Hormis le bâtiment administratif, c'était la construction la plus imposante autour de la pelouse centrale.

— Où va-t-on maintenant ? demanda Foster.

— Je connais un endroit.

Ils ne prononcèrent pas un seul mot pendant tout le trajet mais il y avait assez de tension dans la voiture pour les faire sourire durant les vingt minutes de route jusqu'au Buck's Bar & Grill, la plus ancienne taverne de l'État. Chip décida qu'un endroit discret au style dépouillé valait mieux qu'une boîte de nuit branchée où ils ne pourraient pas s'entendre parler. Il fit même une plaisanterie sur le jeu de mot concernant le « glory hole » que Foster avait fait, ayant fait des recherches sur Google à ce sujet.

La taverne de Buck était aussi large qu'une ruelle entre deux immeubles. À sa gauche se trouvait une compagnie d'assurance. À sa droite, une boutique d'antiquités qui prenait la moitié du bloc. Éparpillés un peu partout dans le pub sombre, des visages familiers de l'université étaient visibles : Katie Hammond était bien partie pour prendre une cuite, Jason Jordan et Brad Park étaient assis au bar à repousser des admiratrices, et d'autres athlètes éclataient de rires alcoolisés en renversant les bières qu'ils avaient en main. Quelques-uns d'entre eux jetèrent des regards curieux sur lui et Foster. Le pub avait une architecture de type shotgun, et Chip trouva un petit coin confortable loin de l'ambiance tapageuse avant de commander un pichet de bière à la serveuse surexploitée.

— Tu risques de recevoir beaucoup de regards de ce genre si tu traînes avec moi, dit Foster en attirant l'attention de Chip sur un trio de joueurs de football en train de chuchoter dans le coin opposé.

L'obscurité dissimulait leur visage.

Quand Chip se retourna pour regarder, les joueurs détournèrent immédiatement les yeux.

— Je peux gérer ces gamins. J'étais l'un d'eux.

— Ils vont raconter des trucs. Répandre des rumeurs dans ton dos sur des choses que tu n'as jamais faites.

— Quelques-uns le font déjà. Et alors ? Il y a les bons gamins et ceux pourris-gâtés. Un bon entraîneur peut distinguer l'un de l'autre le premier jour d'entraînement.

La serveuse revint avec leur pichet et Foster reprit :

— Alors, tu me dis que Mr Football se fiche d'être labélisé comme gay par ses joueurs ?

— Je te dis qu'il n'y a rien à labéliser parce que ce n'est pas vrai. Pas vraiment.

Foster sentit son cœur se serrer légèrement.

— Attends… tu n'es pas gay ?

— Je n'ai jamais été attiré par un homme jusqu'à toi.

Chip prit un verre. Il était très à l'aise avec tout ça.

— De toute ma vie, je n'ai jamais envisagé être avec un homme. Les femmes sont physiquement bien plus attirantes à mes yeux.

— Merci.

Chip bafouilla rapidement pour se rattraper.

— Mais, ensuite, je t'ai vu et… je ne sais pas. C'est comme si j'avais reçu une baffe monumentale en plein visage. Et j'ai aimé ça. Je t'ai trouvé physiquement… éblouissant, mais il y avait cette attraction. Quelque chose de spirituel.

Foster se sentit rassuré et mis à l'aise par ces propos.

— Je peux comprendre ça.

— Je veux dire, avec les femmes – pas Lynn, ne t'en fais pas – mais avec les autres femmes, j'ai été un vrai dépravé. Je ne peux pas être comme ça avec toi.

Avant que Foster ne puisse dire le moindre mot, Katie s'approcha d'eux en titubant et enlaça Chip d'une main tout en tenant fermement une bière dans l'autre.

— Hé, salut, beau gosse ! dit-elle. Fais-moi danser.

— Je suis ici avec Foster, répondit Chip, amusé.

— Foster, est-ce que je peux te voler un instant ton rencard sexy pour une danse ?

— Il est tout à toi.

— Je reviens tout de suite, dit Chip, alors qu'elle le guidait vers la piste de danse, un coin du bar constitué de quelques mètres carrés autour d'un vieux juke-box jouant des chansons des années 70.

Katie dansait comme n'importe quelle personne fortement imbibée d'alcool l'aurait fait : mal et en ayant besoin de beaucoup de soutien. Il était évident que Chip avait déjà dansé avec elle. Il savait exactement quand la rattraper afin qu'elle ne renverse pas – que Dieu lui pardonne – sa bière.

Toutefois, il fut incapable de l'empêcher de tomber à la renverse sur une table et de tout faire s'écrouler. Mais les deux personnes de la table, tachées, ne tinrent pas rigueur à Katie de sa marotte : à la place, elles s'en prirent l'une à l'autre. Rapidement, une bagarre débuta et le bar fut en désordre pendant quelques minutes. Chip haussa les épaules en direction de Foster, et Foster se mit à rire. Chip et Katie revinrent discrètement vers Foster en esquivant les poings et les mugs de bière volant dans tous les sens.

Quand vint enfin l'heure de rentrer, aucun des deux hommes n'avait beaucoup bu. Ils avaient préféré discuter et étaient soulagés de constater que leur première conversation au café n'avait pas été qu'un coup de bol. Le trajet du retour fut rempli de questions et d'histoires personnelles. Il dura aussi un peu plus longtemps que vingt minutes, vu que Chip roulait bien en dessous de la vitesse limite autorisée afin de prolonger le temps passé ensemble.

Chip raccompagna Foster jusqu'à la porte de son appartement sur le campus. Comme celui de Lynn, celui-ci avait été autrefois une seule et grande maison qui était maintenant divisée pour héberger confortablement les membres du corps enseignant. Chip ne se faisait pas d'illusion quant au fait d'être invité à entrer. Les aumôniers, réalisa-t-il, étaient encore vieux jeu, peu importe qu'ils soient jeunes ou progressistes.

— Est-ce que j'aurais droit à un second rendez-vous ? demanda-t-il, se tenant sous la lumière du porche.

— Oui. Absolument.

Et Foster prit l'initiative de l'attirer à lui pour un baiser. Chip l'entoura de ses bras et le serra fermement contre lui. Seul un chat sauvage curieux mit fin à leur étreinte.

Foster resta sur le pas de la porte et fit un signe de la main lorsque Chip partit en voiture. Le chat se frotta contre ses jambes en ronronnant, espérant obtenir quelques restes d'affection. Ça avait été une bonne nuit. Mais, associée au plaisir de la soirée, persistait une infime appréhension qui le tenaillait. Une prise de conscience. Il n'aurait maintenant plus d'autre choix que de parler à Lynn de sa relation – si c'est bien ce que ça devenait – avec Chip.

Depuis leur tabouret au bar, Jason et Brad regardèrent le Coach Arnold et l'aumônier partir ensemble. Les sourcils de Brad étaient déjà relevés et faisaient une danse folle quand Jason se tourna vers lui. Brad mit dans sa bouche une poignée de pop-corn prise dans le bol posé devant eux. C'était ce qu'il y avait de mieux chez Buck ; l'alcool était dilué et ils n'avaient pas eu de barman digne de ce nom depuis des années, mais le pop-corn était le meilleur de la ville.

— Tu crois qu'ils vont faire « la chose » ? demanda Brad.

Un autre mouvement de sourcils ponctua son commentaire.

— Ils avaient l'air de devenir vraiment proches, continua-t-il. Je crois qu'ils vont faire « la chose ».

— Je ne sais pas. Peut-être.

Jason y réfléchit sérieusement.

— Qui serait en dessous s'ils faisaient « la chose » ? Je veux dire, je ne vois pas l'entraîneur se la prendre dans le derrière…

— Vrai. Mais il a un cul plus musclé que l'aumônier. D'après ce que j'ai entendu dire, les gars les plus musclés sont toujours en dessous. C'est juste ce que j'ai entendu.

Crunch, crunch.

— Je me demande s'il a été bizuté comme nous.

— Tu veux dire fessé ?

— Dis, dis, dis, bafouilla Brad sous l'effet de l'alcool. Tu te rappelles quand tu avais dû me donner la fessée ? C'était bizarre, hein ?

Jason se mit à rire, en se frottant les yeux.

— Possible. Mais tout le monde avait dû le faire. Tu avais mis les anciens en pétard.

— Je n'avais rien fait. Pourquoi j'aurais fait ça ?

— Parce que t'es comme ça. C'est suffisant.

— Hé, mon pote. Je t'emmerde.

Il fit tomber une pleine poignée de pop-corn dans la bière de Jason.

— En tout cas, t'avais l'air d'y prendre goût. À la fessée, je veux dire.

— J'y pouvais rien. C'était comme tâter de la gelée de fruits.

— De la gelée ? J'ai que du muscle, mon vieux.

— Maintenant, peut-être. Mais à l'époque ? Tu étais un peu mou.

Jason taquina du doigt le ventre de Brad, comme le Doughboy Pillsbury [3]. Brad se plia au jeu, simulant un petit rire.

— Tu veux encore me fesser ?

— Quoi ?

— Rien. J'ai roté.

Il fit semblant de faire un rot.

— Comment ça se fait que tu n'as pas de nana, Brad ? Tu es tellement classe.

— Ah, mon pote. Je t'ai…

Il s'interrompit, saisi de terreur, et comme s'il était un acteur dans une mauvaise sitcom, il prit une poignée graisseuse de popcorn et la fourra dans sa bouche déjà pleine.

— … déjà dit à quel point j'aime ce pop-corn ?

T'aime, pensa Jason. *Dis : je t'aime.* Ce n'était pas que Jason avait à tout prix besoin d'entendre ces mots-là. Le cœur sait ce qu'il sait sans que rien ne soit prononcé. Mais il semblait que Brad était sur le point de lâcher une vérité valable pour tous les deux. Jason réalisa que, sur plusieurs plans, ils formaient un couple. Ils avaient une relation. Il y avait de la tendresse, de la confiance, de l'amitié et une adoration absolue. Mais, pour une raison quelconque, ils n'arrivaient pas à le nommer à voix haute. Tous les types autour d'eux avaient une relation stable avec une fille et ils le criaient tous les soirs depuis leurs chambres du dortoir. Mais Brad et Jason ne le pouvaient pas. Ils sentaient ce besoin ridicule de tout garder top secret. Pourtant, selon toute probabilité, ils partageaient une relation plus solide que celle de n'importe quelle star de football avec sa petite copine membre d'une sororité.

Serait-ce plus facile en vieillissant ? Seraient-ils capables d'en parler ? De le nommer ? Jason repensa à l'entraîneur et à Foster, à la façon dont ils avaient passé la porte ensemble. Pas de manière cucul ou servile, mais adulte et assuré. *C'est mon mec. Je suis son mec.* Jason désirait ça. Il savait que c'était possible à condition qu'ils franchissent cet immense obstacle indicible.

La soirée continua. Le pub se vida jusqu'à ce qu'il ne restât plus que les poivrots radoteurs de la ville et une poignée d'étudiants, tous bien trop anéantis pour conduire leur propre voiture jusqu'au campus. En de

---

3 NDT : personnage publicitaire fait de pâte, qui rigole quand on lui touche le ventre.

76

telles occasions, les fraternités s'avéraient pratiques. Un appel était passé et, assez rapidement, un bizuth d'une fraternité se pointait prêt à transporter la maisonnée ivre. La voiture était minuscule et, même s'ils s'entassaient, un deuxième voyage serait nécessaire pour ramener tout le monde. Brad prit conscience que quelqu'un grimpait dans le coffre de la voiture et, bien sûr, il trouva immédiatement que c'était une brillante idée.

— Je vais y arriver ! assura Trevor Moore.

— Non, rétorqua Brad. Tu vas devoir attendre le prochain voyage. Tu as mal à l'estomac.

— Non, pas du tout.

Brad le ceintura.

— Maintenant, si.

Alors, Brad se mit en boule dans le coffre de la voiture, se réjouissant des gloussements et des rires qu'il entendait provenir des autres passagers de la voiture sur le chemin du retour vers le campus. Assez souvent, il put entendre Jason lui demander s'il allait bien.

— Je suis un battant, mec. J'ai dormi dans des endroits plus étroits.

V

Foster ne voulait pas se réveiller. Il s'accrochait pour rester dans son rêve, celui où Chip chevauchait ses hanches et où, lentement et d'un air séducteur, il se penchait pour embrasser ses lèvres. Foster sentit la tension sexuelle pendant qu'ils s'embrassaient. Le baiser du rêve était plus intense que tout ce qu'il avait ressenti avec Barry dans la vraie vie. Mais le rêve devait prendre fin. Le jour se levait et il s'éveilla les yeux vitreux, les bras écartés sur le grand lit double, entortillés dans les draps blancs soyeux. Contrairement à beaucoup de rêves géniaux qu'il avait faits dans sa vie, il sut qu'il ne devait pas regretter que celui-ci ne soit pas vrai. Parce qu'il *pouvait* devenir vrai. Il sourit à cette pensée.

Il parlerait aujourd'hui à Lynn de lui et de Chip. Ça ne servait à rien de faire traîner la chose comme une mauvaise intrigue. De toute façon, ça ne la dérangerait pas, se dit-il. Pourquoi serait-ce le cas ? Chip faisait partie de son passé, pas de son présent.

Ou bien se trompait-il ? Était-elle encore en droit de le réclamer comme sien, peu importe le temps qui s'était écoulé ?

Le moment de le lui dire se présenta de lui-même à l'heure du déjeuner. Foster mangea encore très peu. Lynn prit une salade. Il avait été nerveux et agité toute la journée, imaginant tous les scénarios et toutes les issues possibles à leur conversation. Il pria même pour avoir un peu d'aide concernant la situation, car aucun de ses scripts mentaux ne se terminait bien. Foster ne voulait pas être le méchant de l'histoire. Le problème semblait insoluble.

Lynn était de très bonne humeur. Sa peau n'était plus irritée, ayant eu largement le temps de se remettre du frottement facial de Chip. En fait, elle semblait radieuse. Cela ne faisait que rendre la tâche de Foster encore plus ardue. Cependant, avant qu'il ait eu le temps d'aborder le sujet, Lynn, incapable de garder plus longtemps pour elle-même son incroyable nouvelle, commença à parler d'un flot ininterrompu.

— Tu ne devineras jamais ce que j'ai fait hier soir ! Vas-y. Devine… Je suis sortie avec Luke. Le Professeur Artridge. L'adorable scientifique. Enfin, c'est de la biochimie, en fait. Il m'en a un peu parlé, mais… eh bien, les sciences n'ont jamais été mon truc. Ça rentre par une oreille et ça sort par l'autre, tu vois ? Mais, oh Seigneur ! Foster, il est parfait. Il est absolument parfait. Et il a cette odeur si charmante. Je n'arrive pas la remettre dans son contexte mais je l'ai déjà sentie auparavant.

— Tu as eu… un rencard ?

— Eh bien, pas en tant que tel. Un truc qui y ressemble. Pendant que les autres assistaient à la pièce de théâtre, certains d'entre nous se sont retrouvés à une conférence sur un blabla de sciences. J'y suis allée uniquement parce qu'il m'en a parlé et qu'il m'a dit qu'il y serait.

Elle enfourna une immense fourchetée de salade dans sa minuscule bouche et continua à parler.

— Je suppose que ça aurait pu être intéressant si je n'avais pas passé tout mon temps à l'observer. Est-ce que tu as déjà vécu une situation où tu étais tellement distrait par quelqu'un que tu n'arrivais pas à te concentrer sur ce que tu étais censé regarder ?

— Peut-être.

— Eh bien, c'est plutôt merveilleux. Ça semble malhonnête, mais c'est sympa.

Elle se leva soudainement comme si elle avait oublié quelque chose ou que quelqu'un venait de lui dire que son siège était en feu.

— Bon, je dois y aller. Ne m'en veux pas. Je retrouve Luke pour qu'il puisse me montrer une expérience sur laquelle il travaille. J'espère que ça ne va pas m'exploser au visage. Souhaite-moi bonne chance !

Et elle partit.

Il était évident qu'elle se remettrait à sortir. C'était exactement le type d'histoire dont Foster se voyait maintenant faire partie. Il était en plein milieu d'une comédie romantique et ce n'était pas si amusant que ça. Du moins pas pour lui. Les choses ne tournaient pas du tout à son avantage. Alors okay, il était temporairement tiré d'affaire mais, tôt ou tard, il faudrait qu'il lui dise la vérité, et ensuite ? En quelle bête odieuse et répugnante se transformerait-il aux yeux de Lynn ? L'attente ne ferait qu'empirer les choses. La conscience de Foster se chargerait de ça. Malgré tous ses efforts, en fin de compte, il était devenu un élément d'intrigue.

LES VESTIAIRES étaient toujours bordéliques après l'entraînement. Le Coach Arnold appréciait le personnel d'entretien ; aussi, quand il en avait fini avec son travail d'entraîneur et sa paperasse, il se rendait toujours dans l'antre malodorant pour ramasser ce qu'il avait le temps de ramasser. Un petit crétin laissait toujours traîner sa coquille de protection usagée par terre. Cela irritait Chip au plus haut point, mais que pouvait-il y faire ? Il n'allait tout de même pas surveiller les gars quand ils se déshabillaient. Il aurait aimé que tous retournent se doucher dans leurs dortoirs ou dans leur fraternité. Cependant, il supposait que ces commodités étaient dans un état lamentable. Il tirait cette conclusion de sa propre expérience de footballeur universitaire quand l'une des douches de sa propre fraternité était dans un tel état de délabrement qu'il y avait à l'intérieur un sapin de Noël décoré toute l'année.

Jason Jordan était sur un banc, en train d'enfiler ses chaussettes. Trevor Moore peignait ses cheveux en se regardant dans le grand miroir mural. C'était les deux derniers joueurs qui restaient dans les vestiaires. Le Coach Arnold les salua tous les deux, en y mettant peut-être un peu plus de cœur pour Jason. L'entraîneur ne se souciait jamais vraiment beaucoup de Trevor. Il savait qu'il n'était pas le seul. Trevor était un vrai faux-cul, toujours à lécher les bottes de quelqu'un pour avancer dans la vie. Il pouvait blâmer sa star de foot de père pour ça. Il désirait tellement être populaire que ça le rendait insupportable. Il ferait un excellent cadre de Wall Street un jour.

— Hé, Coach. Je peux vous poser une question ? demanda le futur casseur de moral tout en se pomponnant.

Il était persuadé d'être diablement séduisant.

— Vous connaissez bien le nouvel aumônier ? Tous les deux, vous êtes amis ou … ?

Jason réagit instantanément.

— Bon sang, Trevor !

— Je veux dire, vous savez qu'il est gay, non ?

Alors qu'il était toujours au beau milieu de son autocontemplation, Trevor jeta à l'entraîneur le regard critique d'un parent surprenant son enfant en train de faire quelque chose d'interdit.

Le Coach Arnold balança immédiatement la coquille au sol et s'approcha de Trevor. Trevor, bien sûr, trembla de peur.

— Tu as quelque chose à dire, Moore ?

— N-Non, m'sieur !

— Alors, fous le camp d'ici.

Chip se moquait que l'un de ses joueurs le descende. Ils le faisaient entre eux quand ils étaient soûls. Mais Trevor avait été à la limite de la condescendance envers Foster et cela faisait enrager Chip. Si la loi ne l'avait pas interdit, il aurait allègrement écrasé le visage de Trevor contre son reflet. Trevor remballa ses affaires et fuit par la porte.

— C'est un con, dit Jason. Personne n'aime Trevor à part lui-même, mais il s'aime tellement que c'en est accablant.

Chip acquiesça et ramassa de nouveau la coquille. Jason se leva de son banc, un peu anxieux. Comme s'il avait quelque chose à demander mais ne savait pas comment s'y prendre. Il avait envie de demander pour Brad. Il voulait un conseil. Devait-il dire à Brad ce qu'il ressentait ? Était-ce à lui de mettre un nom là-dessus ?

Pourtant, il existait toujours en lui cette créature timide et intravertie qui faisait que tous les hommes barricadaient leurs sentiments derrière des années de normalisation sociale. Il voulait être meilleur que ça et il savait que l'entraîneur n'était pas le genre d'homme à repousser une demande sincère. Mais quand même…

Chip reconnut la confusion dans l'expression de Jason.

— Parfois, dit-il, si tu n'es pas sûr de quelque chose, il vaut mieux laisser décanter un peu.

Chip sentit la malhonnêteté de ses propos au moment où il les énonça. Il n'aurait pas suivi son propre conseil. C'était simplement ce que d'autres éducateurs et entraîneurs lui avaient conseillé de dire aux étudiants qui se confiaient – ou semblaient sur le point de se confier – à vous. Des conneries apaisantes, rassurantes, complaisantes. Chip ne laisserait jamais rien en plan comme ça. Il ne serait pas capable de dormir s'il le faisait. Il voulait dire quelque chose de similaire à Jason.

Quoi que ce soit, avait-il envie de dire, *prends-le par les couilles jusqu'à ce que ça hurle.*

Mais le vieil adage « laisse couler » avait l'air de fonctionner, même si Jason semblait un peu gêné de l'entendre. Mais que pouvait-il faire ? Ce n'était pas son domaine. Il n'était pas conseiller. Il forgeait les jeunes corps, pas les jeunes âmes.

Foster serait génial avec les âmes. Peut-être qu'un jour ils ouvriraient un cabinet ensemble. Un truc avec un nom pourri : *Les buts du cœur* ou quelque chose comme ça. Chip sourit. Les buts du cœur. Lui et Foster, faisant du monde un endroit meilleur, un joueur de football gay après l'autre.

Cependant, Jason accepta le conseil de Chip comme si l'entraîneur savait mieux que lui ce qu'il devait faire. Quelque chose en Jason lui disait de se battre mais une voix encore plus perçante faisait taire cette idée.

Pourtant, plus perçant ne signifiait pas toujours plus puissant. Jason était presque sûr qu'à la fin tout serait révélé au grand jour. Sorti du placard, comme on dit.

DE TOUTE sa vie, Foster n'avait assisté qu'à un ou deux matches de football américain. Cela remontait à l'époque du lycée et, depuis, son indifférence pour ce sport n'avait pas changé. Il ne comprendrait jamais l'intérêt que pouvaient avoir la plupart des sports. Selon lui, cela consistait uniquement à monter les deux moitiés du stade l'une contre l'autre. À quoi cela servait-il ? Lors de ces matches, il passait une bonne partie de son temps à observer les gens. Les stades étaient toujours remplis de personnes intéressantes maquillées ou habillées de manière originale. En hiver, certaines allaient jusqu'à risquer d'attraper une pneumonie uniquement pour hurler torse nu après les supporters de l'équipe opposée situés de l'autre côté du terrain. Foster haussa les épaules. C'était un établissement de footballeurs, alors autant qu'il s'habitue à un style de personnes plus chahuteuses. Ce n'était pas si dramatique que ça.

En ce samedi après-midi, la foule était bruyante et avait un avis sur tout. Sans son col, Foster se mêlait parfaitement aux tribunes. Il était assis près du président Hall, lequel était pris dans le match comme tout le monde et espérait une victoire. Foster connaissait mal le football américain mais il en savait assez pour deviner qu'il n'y aurait pas de victoire. Les Growlers avaient un sérieux retard. Il imaginait que la plupart des spectateurs faisaient désormais comme lui et observaient les gens.

Foster se sentait mal pour Chip, qui était, après tout, l'unique raison de sa présence au match. Les injures et les insultes devenaient si violentes dans les tribunes que cela mettait Foster très en colère. Il se retint de toutes ses forces de ne pas assassiner du regard ceux qui les envoyaient. Wendell lui rappela que c'était la façon dont se déroulait le football.

— On peut être un connard dans les tribunes tant que ça ne sort pas d'ici. Quelques-uns de ces connards sont les meilleurs amis de Chip.

Chip avait demandé à Foster de venir assister au match. « Tu pourrais commencer à aimer ça, » avait-il avancé. « J'aimerais beaucoup t'y voir. On pourrait peut-être en faire la sortie du week-end ? »

Comment Foster pouvait-il refuser ? Bien qu'il n'ait pas espéré s'intéresser au match plus qu'il ne le faisait déjà, il s'était tout de même attendu à ce que les Growlers fassent mieux que ça. Chip avait dit que l'année précédente, ils n'avaient perdu que deux matches. Foster était un humain empathique, ce qui lui permettait de deviner ce qui pouvait occuper l'esprit d'une personne à laquelle il tenait et, à voir la tête que tirait l'entraîneur sur le terrain, Chip se sentait humilié. Foster gardait son regard rivé sur lui au cas où il aurait besoin de réconfort venant des tribunes, ce qui arriva finalement vers la fin du match. Chip parvint à lever le menton pour jeter un coup d'œil à la foule. Foster trouva que c'était un acte très courageux, vu que presque tout le monde dans la tribune ressemblait à une masse de colère. Mais Foster sourit et Chip le vit. Les traits de l'entraîneur s'améliorèrent alors de manière significative : ils semblèrent s'illuminer. Chip soupira lourdement et retourna un léger sourire à Foster. Quand le match se terminerait, il pourrait s'accrocher à ce sourire.

Après le discours de déception de l'entraîneur à ses joueurs dans les vestiaires, Chip trouva Foster là où il était assis durant le match. La foule s'était dispersée en laissant derrière elle des détritus et des vestes oubliées. Chip grimpa dans les tribunes et s'assit à côté de Foster.

— J'aurais aimé que tu nous voies gagner, dit-il. On est vraiment bons quand on gagne.

— Est-ce que je peux faire quelque chose ? Tu veux aller quelque part ?

— Souris. Ça suffit. Ça m'a aidé pendant le match. Quand j'ai levé les yeux et que je t'ai vu sourire, ça m'a redonné le moral.

Foster avait envie de reposer sa tête contre l'épaule de Chip. Il voulait partager ce chagrin.

— Tu n'as besoin que d'un sourire de ma part ?

— Comme si c'était amusant de regarder un match comme celui-là.

Chip passa un bras autour de Foster.

— Je suis un homme ordinaire, je suppose. Ce sont les choses simples qui ont le plus de signification pour moi.

Une brise souffla. Elle portait l'odeur de l'automne prochain et détendit Foster au point qu'il se laissa aller et posa enfin sa tête sur l'épaule de Chip.

— Je suis désolé que vous ayez perdu, dit-il.

— Au moins, j'ai quand même reçu une récompense, non ?

Chip serra brièvement Foster.

— Tu sais me faire voir le bon côté des choses, mon ange.

CETTE SEMAINE-LÀ, Chip invita Foster chez lui sans prévoir de sortie préalable, ce qui impliquait qu'ils ne sortiraient pas du tout si la soirée se déroulait comme Chip l'espérait. Son appartement, situé à deux pas du campus, était un endroit agréable aux hauts plafonds et aux larges fenêtres. Le mobilier était moderne et simple, rien de sophistiqué ni de trop vieux. Il y avait un balcon sur lequel il avait initialement envisagé de servir le dîner mais il avait changé d'avis après avoir été attaqué par une petite abeille.

Le rendez-vous débuta de manière éprouvante pour Chip. Il s'était renseigné sur ce qu'aimait Foster donc il était assuré d'éviter tout faux pas de ce côté. Mais la crainte de dire quelque chose de stupide au cours de la soirée subsistait. Il avait préparé un délicieux repas composé des plats italiens préférés de Foster (cher, mais nécessaire pour courtiser) ; il avait créé l'ambiance avec des bougies non parfumées et Puccini ; il avait utilisé toutes les astuces romantiques possibles et imaginables, et tout semblait parfait quand il se recula pour admirer le résultat. Une bouteille de vin était au frais et deux de plus se trouvaient dans la cuisine, juste au cas où (et Chip espérait vraiment ce « au cas où »). Il était satisfait de ce qu'il voyait. Il avait fait ça une centaine de fois avec des femmes et elles avaient toutes adoré ça. « Se pâmer » était le terme qu'il aurait employé pour décrire leurs réactions. Mais aucune d'elles n'avait eu autant d'importance pour lui que Foster. Ce dîner, cette soirée, devait se dérouler sans accroc. Il le fallait.

Quand Foster pénétra dans l'appartement – Chip avait dû aller le chercher en voiture, puisque Foster ne conduisait pas – Chip put constater en voyant l'expression de son visage que les choses démarraient déjà bien. Foster semblait surpris.

— Tu n'as pas l'air d'être le genre de type à faire ça, dit-il.
— Je suis un romantique.

Chip avait bien sûr espéré, pendant qu'il allait récupérer Foster, que les bougies ne mettraient pas le feu à la maison. Mais elles devaient être allumées quand Foster rentrerait, sinon l'effet tomberait à l'eau.

Foster s'assit et Chip le servit, versant le vin et faisant tout son possible pour faire comprendre à Foster combien il était spécial à ses yeux. Quand Foster dit « merci » et toucha le poignet de Chip, celuici en lâcha presque la bouteille.

C'est lorsqu'ils furent sur le canapé, lovés dans un coin à regarder Diane Lane devenir sentimentale dans *Sous le soleil de Toscane*, que les

84

choses commencèrent à s'échauffer. Foster était blotti dans les bras de Chip, en sécurité et comblé, le vin opérant sa magie, quand il sentit le pénis de Chip se raidir contre son dos. Il avait été conscient de la chaleur croissante de leurs corps toute la soirée mais, jusqu'à présent, il n'y avait pas eu de... mouvement.

Chip mordilla légèrement l'oreille de Foster, pour initier les choses. Foster lui retourna son affection en lui massant les jambes. Elles étaient si larges et si musclées qu'elles auraient pu soutenir un temple grec. Il se retourna et embrassa d'abord délicatement Chip pour commencer, en guise d'amuse-gueule. Puis voracement. Puis férocement.

Soudain les vêtements tombèrent et tout disparut autour d'eux. Foster appuya ses hanches contre Chip, ce qui fit gémir ce dernier. C'était ce dont ils avaient envie tous les deux. Ils se demandaient pourquoi ils avaient mis autant de temps pour en arriver là. Leurs mains parcoururent des endroits que seuls leurs luxurieux vagabondages mentaux avaient connus jusqu'à présent.

Chip se tortillait dans tous les sens, presque sans effort. Un instant Foster était au-dessus de Chip, l'instant d'après il était en dessous et s'enfonçait dans les coussins. Cela faisait tellement longtemps qu'il n'avait pas été avec un homme qu'il n'était pas sûr de savoir quoi faire. Mais son corps prit le relais. Il n'avait pas besoin de réfléchir. Il réagissait simplement à tout ce que lui faisait Chip. La musique du film s'éleva derrière eux comme une publicité pour eau de Cologne de luxe.

Chip arracha le jean de Foster avec une grande agilité. Il avait fait ça plusieurs fois auparavant mais, cette fois, il y avait une récompense différente à l'intérieur. Ce fut fait en quelques secondes. Les jambes de Foster furent dénudées et en l'air plus vite qu'il n'eut le temps de réaliser ce qui se passait. Chip n'avait jamais eu autant envie de coucher avec quelqu'un de toute sa vie. Pourtant, avec Foster, il se faisait parfois l'impression d'être un bouffon lourdaud. Foster n'était qu'élégance ; Chip non.

Foster appréciait d'être ballotté comme une boule de chiffon. Il appréciait son incapacité à respirer, causée par l'alternance des baisers rapides et longs. S'il devait mourir, que ce soit dans le feu de la passion. Quand soudain l'action s'arrêta, ce fut comme s'il était tiré rudement d'un rêve agréable.

— Qu'est-ce qui ne va pas ? demanda-t-il à bout de souffle.

Chip s'agenouilla au-dessus de lui sur le canapé, un air perdu et effrayé sur le visage.

— Je ne sais pas quoi faire.

— Comment ça ?

— Je n'ai jamais expérimenté le sexe gay. Pas même avec une femme. Enfin, j'ai essayé une fois, mais c'était… c'était un désastre.

Foster se redressa sur ses coudes.

— Tu veux savoir quoi ?

— Je dois juste… la mettre ?

Foster se mit à rire.

— Je ne préférerais vraiment pas. Tu n'as pas de lubrifiant ?

— Je ne crois pas. On peut regarder.

Et c'est ce qu'ils firent. Ils fouillèrent tout l'appartement mais ne trouvèrent rien qui pouvait être utilisé sans risque, renonçant au beurre et à l'huile. Il y eut plein de préliminaires pendant leurs recherches mais ce fut tout. À la fin, ils se retrouvèrent une fois de plus sur le canapé, dans les bras l'un de l'autre.

— C'est peut-être mieux comme ça, murmura Chip.

Il était contrarié de n'avoir de toute évidence pas organisé les choses aussi parfaitement qu'il le lui avait semblé au début.

Foster descendit du canapé et s'agenouilla entre ses jambes. Chip fut soulagé. Il n'avait pas voulu demandé une fellation au chapelain. Le cadeau que Foster offrit à Chip fut la fellation la plus incroyable qu'on lui ait jamais faite et balaya le souvenir de l'unique autre que lui avait faite un mec du temps où il était à l'université. Cela lui sembla logique : les hommes savent ce qu'aiment les autres hommes parce qu'ils sont équipés de la même manière. C'est en quelque sorte un avantage injuste quand on tombe sur le bon gars.

— Tu viens tout simplement de me faire prendre mon pied, souffla Chip une fois que Foster fut allongé de nouveau à ses côtés. J'ai parcouru le monde entier. J'ai eu des expériences sexuelles incroyables. Mais c'est la meilleure fellation qu'on m'ait jamais faite.

— Tu as beaucoup voyagé ?

— Avant, oui. Maintenant, c'est difficile. Quand tu prends de l'âge, on s'attend à ce que tu te cases. À ce que tu fasses ta vie. Que tu fasses ta vie et que tu te trouves une femme.

— Je n'ai pas beaucoup voyagé.

Foster avait toujours détesté ce détail de sa vie.

— Je n'ai vu que des murs. J'ai vu toutes sortes de murs. Les murs du séminaire, les murs de ma chambre, des murs invisibles. Les murs ne sont franchement pas intéressants.

Chip déglutit nerveusement.

— On pourra peut-être aller quelque part ensemble.

C'était plus une question pleine d'espoir qu'une déclaration.

— Ce serait amusant.

Foster lui caressait tendrement le torse.

— Super. Je le pense aussi. Je t'emmènerais en Australie. Tu aimeras Sydney, je pense. Il y a ce petit village-vacances appelé Coogee Beach. On pourrait y louer quelque chose et y passer tout l'été !

Foster se redressa pour atteindre le visage de Chip et l'embrassa.

— Ça m'a l'air parfait.

— Et je m'assurerais d'emporter le lubrifiant. Promis.

— L'Australie semble géniale, mais restons ici pour l'instant. Juste au moment présent. Je ne crois pas qu'il y ait jamais eu un meilleur moment.

Foster enlaça étroitement la poitrine de Chip et ferma les yeux pour s'endormir immédiatement là, sur le canapé. Le futur serait peut-être rempli d'instants aussi merveilleux que celui-ci, se dit-il, mais on ne sait jamais. On ne sait jamais.

VI

QUAND CHIP annonça à Foster qu'il assisterait aux offices du dimanche, Foster ne put s'empêcher de le taquiner à ce sujet.

— C'est à cause de tous nos actes de fornication, c'est ça ? Tu te sens coupable.

— Absolument pas ! Je veux te mater dans ton pantalon de prêtre. En plus, tu forniques en même temps que moi et c'est toi qui es censé avoir le livre des règles.

— Je suis pistonné.

Foster tira sur son col et fit un clin d'œil.

— Homme de Dieu, tu vois ?

Chip portait la même chemise à manches courtes inappropriée et la cravate bancale qu'il avait mises lors de sa première visite à l'office du dimanche. Il ressemblait à un gros geek maladroit et mastoc. En fait, c'est exactement ce que se dit Foster quand il jeta un coup d'œil à sa congrégation et vit l'entraîneur, bien qu'il donna à la phrase une tournure possessive « *Mon* gros geek maladroit et mastoc. » Même le pantalon que Chip portait était trop court. *Trop mignon*, pensa Foster. *Cet homme ne sait pas s'habiller tout seul.*

La congrégation était comble. Tellement que Chip se demanda si Foster avait envoyé des prospectus. Wendell s'assit à côté de lui. Il grondait légèrement, un peu comme un volcan endormi, à chaque fois que Foster faisait de l'humour, mais c'était les seuls mouvements qu'il concédait. Au fond de la chapelle, Lynn était assise en compagnie de Luke le Scientifique. Elle fit un signe de la main à Chip quand elle le vit. Ils maintenaient les civilités.

Les sermons de Foster étaient toujours très plaisants. Ils ne présentaient jamais de vision négative des choses. Il voyait le bien partout, comme on dit, et il essayait d'en convaincre les autres. La religion, d'après lui, n'était pas une question de condamnation, mais d'élévation. Chip faisait de son mieux pour rester concentré mais il se laissait souvent emporter par le rythme de la voix de Foster.

De temps en temps, quand le regard plein de compassion de Foster se posait sur Chip, l'aumônier remarquait l'expression rêveuse de collégien amoureux qui flottait sur le visage du bel homme. Il y avait une sorte d'échange silencieux entre eux : Foster essayait de ne pas sourire bizarrement sur sa chaire ; Chip essayait de cacher l'érection naissante dans son pantalon étroit avec l'une des bibles de la chapelle.

Toutefois, les choses prirent une étrange tournure pour Chip quand il sentit un ongle délicat tapoter sur son épaule et interrompre ses rêveries languissantes. Il se tourna et sa gaule retomba immédiatement : c'était la mère de Trevor Moore. Elle agita son doigt fin et lui lança un regard plus significatif que n'importe quelle bible. Chip lui rendit un sourire à moitié surpris, à moitié pétrifié et se retourna.

Quel était son nom ? Gail ? Glenda ? Gabrielle ? En quoi était-ce important ? Son estomac faisait des sauts périlleux. Il devait sortir d'ici. Il ne voulait pas qu'elle l'attrape après l'office. Il ne voulait pas que Foster soit obligé de la rencontrer. En toute logique, il savait qu'elle ne révélerait jamais ses (leurs) frasques à l'intérieur même de la chapelle. Mais Foster n'était pas stupide. Il était capable d'interpréter les signaux et cette femme envoyait des signaux comme des frisbees.

Il n'y avait qu'une seule façon de s'en sortir, bien sûr. Tandis que l'office se terminait, il décocha un rapide sourire d'excuse en direction de Foster et se rua vers la porte de derrière alors même que les ongles peints en rouge sang de la mère de Trevor frôlaient sa chemise. Une fois dehors, il s'appuya contre un arbre en desserrant sa cravate. C'était un acte puéril mais, quelquefois, il se disait qu'agir comme le lui dictait son âge ne servait absolument à rien, en particulier quand on essayait de protéger quelque chose de bien. Et ce qu'il vivait avec Foster était vraiment bien. Il attendrait que la congrégation s'éparpille, puis il s'expliquerait avec Foster. Il lui dirait… quelque chose. Mieux que : « *Hé ! C'est la nana que je me suis tapée le jour où je ne pouvais pas admettre que je te trouvais séduisant.* »

Tandis qu'il se tenait là, essayant de trouver une raison, il sentit une main fine s'insinuer sous les passants arrière de sa ceinture et descendre à l'intérieur de son pantalon. Il se raidit et s'éloigna d'un bond.

— Salut, bel étalon.

La mère de Trevor venait tout juste de mettre sa main entre ses deux fesses ! Chip regarda tout autour d'eux. La dernière chose qu'il désirait était de vivre l'une de ces scènes où l'objet du désir – c.à.d. Foster – devenait le témoin d'un flirt non désiré et où toutes sortes de malentendus et de bêtises

89

arrivaient. Il n'était pas d'humeur pour ce genre particulier de scénario. Heureusement, Foster était toujours occupé à l'entrée de la chapelle, remerciant et saluant les membres de la congrégation.

— Qu'est-ce qui ne va pas ?

Elle lui offrit un regard de chiot. De toute évidence, elle pensait qu'il jouait.

— Ça te dit de t'amuser plus tard ? Je suis en ville jusqu'à ce soir mais, après, il faudra que je retourne auprès de l'autre enfoiré.

— Hé… poupée. Écoute, je…

Elle le plaqua contre l'arbre.

— Allons dans les buissons.

Il déglutit. Mais juste au moment où elle recommençait à glisser ses mains à l'intérieur de son pantalon, Chip entendit son salut arriver : le magnifique bruit de moteur grincheux d'une voiturette de golf. Katie Hammond se dirigeait vers eux en faisant ronfler sa machine. La mère de Trevor recula de peur que Katie oublie de freiner. La voiturette de golf pila devant eux.

— Grimpe si tu veux arriver à cette réunion à temps.

Chip sourit sous le coup de la surprise. *Putain, elle est brillante !*

Il sauta dans la voiturette un peu trop vite et son ossature massive fit rebondir l'engin.

— Désolé, s'excusa-t-il auprès de la mère de Trevor. Le devoir m'appelle. Mais c'était super de te voir.

Pourquoi tu as dit ça ?

Elle le regarda lui, puis Katie, puis à nouveau lui, arrivant à la conclusion qu'il ne se passait rien entre eux.

— C'est bon, dit-elle. Je reviendrai bientôt. Trevor ne peux pas vivre très longtemps sans sa mère. Est-ce que cette réunion prendra longtemps ? Je pourrais rester dans les parages et…

— Toute la journée, affirma Katie. Ça va nous prendre toute cette fichue journée.

— Ouais. Pas hâte d'y être, renchérit Chip en essayant de paraître réellement mécontent.

— D'accord. Eh bien, alors…

— On doit y aller ! répondit Katie en appuyant sur l'accélérateur.

Ils s'éloignèrent à toute vitesse. La femme abandonnée attrapa ses cigarettes, légèrement déçue.

— Merci, merci, merci, répéta Chip.

— Pas de problème, répondit Katie tandis qu'elle décrivait des courbes sur deux roues. Tu as de la chance que je fasse ma promenade matinale.

Entre ses cuisses se trouvait un mug en plastique qui ne pouvait contenir que son remède universel contre les gueules de bois : plus d'alcool. Elle le tenait bien serré afin qu'il ne se renverse pas. Katie était douée pour ne pas renverser les choses.

— C'est juste que je ne veux pas que Foster la rencontre. L'idée de mon moi actuel rencontrant mon moi passé est terrifiante.

— Il t'a changé à ce point, hein ? Ça doit être l'amour.

— Ça doit être ça, marmonna-t-il dans sa barbe. Fricoter avec elle… c'est la dernière grosse erreur que je veux avoir faite. Je suis un bon garçon désormais.

Ils arrivèrent aux abords du fleuve. Quelques personnes se promenaient sur la rive, profitant des derniers beaux jours de l'année.

— Et Lynn ? demanda Katie. Foster la connaît. Pourtant elle fait partie de ton passé.

— Mais c'est différent. Elle le connaît déjà. Je ne peux rien y faire. Mais pour la mère de Trevor, peu importe son nom, je peux faire en sorte qu'il n'entende jamais parler d'elle, ou du moins essayer.

Katie secoua la tête tout en buvant un coup.

— Je ne sais pas, mon chou. Les choses cachées finissent toujours par refaire surface d'une manière ou d'une autre, et jamais de façon agréable.

— Je sais. C'est le bordel et je déteste ça. Mais on n'y peut rien.

Il la regarda comme si elle pouvait lui apporter une réponse.

— Non ?

Elle haussa les épaules dans un geste signifiant : « *Tu sais ce que tu devrais faire, mon beau.* »

Ils s'approchaient rapidement de la bibliothèque. Katie ne savait pas vraiment où elle allait ; son esprit était toujours embrumé par le brouillard éthylique dans lequel elle s'était plongée la nuit précédente. Chip s'en moquait. Le trajet était un repos nécessaire. Le vent faisait du bien. Ils dépassèrent l'ancienne bibliothèque dont la cour de devant se remplissait d'étudiants. Chip remarqua Brad et Jason pénétrer à l'intérieur. Ils avaient un air malicieux. Ils avaient toujours un air malicieux.

Chip devait trouver une explication pour s'être enfui de la chapelle comme il l'avait fait. Peu importe laquelle, peu importe le mensonge qu'il choisirait, Foster comprendrait. Cette vérité fit sombrer le cœur de Chip.

Foster comprendrait : parce qu'il était Foster et qu'il faisait facilement confiance, aimant et bon. La confiance qu'il accordait aux gens lui avait valu d'être blessé par le passé et, de toute évidence, cela arriverait encore. Katie avait raison. Ce n'était pas une manière de débuter une relation.

LA NUIT dernière, Brad avait fait un pari et il avait l'intention de le respecter. Comme on était dimanche après-midi, il avait toute la semaine pour le réaliser, mais pourquoi reporter la victoire ?

Un petit groupe composé de mecs de l'équipe et du dortoir était déjà assis à attendre le moment où Brad et Jason entreraient dans la bibliothèque. Le dimanche, la bibliothèque ouvrait plus tard que les autres jours, ce qui attirait toujours une petite foule prête à se plonger dans le travail qui n'avait pas été effectué depuis le jeudi. Mais, cette fois-ci, le groupe était légèrement plus important que d'habitude. N'importe qui pouvait deviner qu'il se tramait quelque chose. Dans la bibliothèque, il y avait des mecs qui avaient rarement mis les pieds dans ce bâtiment depuis le début de leurs études à l'Université de Verona et ils souriaient tous en essayant de passer inaperçus bien qu'ils ne parviennent qu'à avoir l'air suspect. C'était une comédie ridicule qui ne trompait que les bibliothécaires. D'un autre côté, les bibliothécaires étaient les seuls qui devaient être trompés, non ?

Aucun des footballeurs et des compagnons de dortoir ne monta le large escalier en spirale qui menait au premier étage. Ils restèrent au rez-de-chaussée, dispersés en bas de l'escalier en formant un demi-cercle autour des grandes tables en bois. La bibliothèque était extrêmement silencieuse, même pour une bibliothèque.

Brad et Jason grimpèrent à l'étage. Les regards les suivirent jusqu'à ce qu'ils arrivent en haut. Les escaliers de la bibliothèque étaient situés au milieu du bâtiment, s'élevant en cercle. Un grand lustre en verre pendait au plafond. L'ensemble aurait été magnifique si la moquette avait eu quarante ans de moins. Dans l'état actuel des choses, l'escalier et ses environs ressemblaient à un décor de film catastrophe des années 70.

— T'es prêt ? demanda Jason debout en haut des marches avec Brad.

Il regarda vers le bas de l'escalier courbe. Il était raide. Quelquefois, quand il l'utilisait, il s'imaginait tomber à la renverse. Le simple fait d'y penser lui donna le vertige.

— Et comment ! Ces crétins sont persuadés que je ne vais pas le faire. Regarde leurs tronches.

Il fit un doigt d'honneur à l'un deux, ce qui provoqua des ricanements à l'étage inférieur.

— T'es pas obligé de le faire. Tu ne perds pas souvent. Tu pourrais laisser passer celui-là.

— T'essaye de me pousser à me dégonfler ?

Jason se tut un instant.

— Bien sûr que non. Fais juste… attention à toi, c'est tout. Ça fait une sacrée chute.

Brad devint sérieux.

— Ça va aller, le rassura-t-il. Tu ne vas pas me perdre. Pas de mes propres mains en tout cas.

Une toux résonna du rez-de-chaussée, faisant office de signal pour se mettre en route. Il n'y avait personne dans les escaliers, alors c'était le moment où jamais. Brad mima un coup de chapeau à Jason, s'affaissa, puis glissa et roula dans les escaliers en poussant de grands – et exagérés – cris de douleur et d'inconfort tout au long de la chute. « Les masses aiment que les effets sonores accompagnent leur spectacle », disait-il toujours.

À chaque coup, grognement et gémissement, Jason grimaçait, mais il resta immobile en haut des escaliers. Bien sûr, les autres gars trouvèrent la chose désopilante et, à la fin, seule la vieille bibliothécaire en chef sembla montrer de la pitié, tandis qu'elle accourait vers le garçon apparemment blessé.

Toutefois, Brad se releva rapidement. Il s'épousseta comme si de rien n'était, comme s'il avait glissé sur une plaque de verglas, remercia la brave bibliothécaire pour sa sollicitude et sortit du bâtiment en boitillant sous les rires de ses coéquipiers et de ses potes. La bibliothécaire resta immobile, abasourdie et insultée. Brad était blessé ; Jason pouvait le voir. Quelque chose était arrivé à sa cheville pendant la chute, mais il était victorieux. Le gagnant jeta un coup d'œil vers le haut et fit un clin d'œil à Jason avant de se tourner pour partir.

Jason le retrouva à l'extérieur sur un banc, se frottant la cheville et recevant l'admiration et l'argent de ceux qu'il avait vaincus. Jason s'assit à côté de lui une fois qu'ils furent tous partis vers d'autres activités exaltantes.

— Parfois, t'es qu'un sale con, lâcha-t-il.

— C'est pour ça que je t'ai. Pour me remettre dans le droit chemin.

Il grimaça de douleur.

— T'as pas l'air de m'écouter.

Brad pouvait sentir la colère affluer sous le masque aimable de Jason.

— Je sais. Je suis désolé.

Ils restèrent assis là un moment. Jason demanda de l'aide et Brad fut conduit à l'infirmerie du campus. Jason resta avec lui. Ça lui était égal. Ils s'étaient trop souvent retrouvés dans des situations similaires pour les compter et, avec de la chance, ils en vivraient encore de nombreuses. Enfin, tant que Brad ne se tuait pas avec ses idioties.

QUAND FOSTER regagna son appartement ce soir-là, un message de Barry l'attendait. Foster avait bien fait attention de ne pas lui laisser son numéro de portable mais l'annuaire de l'université était public. Apparemment, Barry voulait faire un nouvel essai. Il voulait revoir Foster. En larmes, il s'excusait pour tout. Le jeune Amish l'avait quitté pour retourner à sa vie d'Amish. Il s'était avéré que Barry n'était pas assez fort pour entrer en compétition avec la foi dévouée du gamin. Qui l'eut cru, hein ?

Foster avait toujours craint le jour où Barry le recontacterait. Il faisait des cauchemars sur la façon dont ils pourraient tomber l'un sur l'autre en faisant des courses de Noël. Le monde pouvait être si petit et le destin si vicieux. Il était certain qu'une seule supplication de Barry le ferait revenir vers lui ventre à terre sans qu'il ne se pose une seule question. Après tout, qu'avait-il d'autre à part Barry ? Jusqu'à quelques semaines auparavant, c'était effectivement ce qui se serait passé. Foster en était honteusement conscient. Mais plus maintenant ! Maintenant, il y avait Chip. Même s'il semblait avoir des réactions allergiques aux sermons et aux chapelles, Chip avait prouvé quelque chose à Foster. Chip avait prouvé à Foster qu'il pouvait encore être aimé, et pas simplement parce qu'il était une nouveauté ou quelque gay scabreux. Foster en avait assez d'être l'homme que Barry lui avait donné l'impression d'être.

Il supprima le message larmoyant et attrapa une bouteille de vin de mûres au fond du réfrigérateur. Il porterait un toast à sa vie, à la façon dont les choses semblaient osciller à la hausse pour une fois. Il se remplit un verre, mit du Nina Simone, posa la bouteille sur la moquette et s'allongea juste à côté, les yeux fixés au plafond. Barry n'entendrait pas parler de lui. Pas même pour des civilités. Foster avait le sentiment, que pour cette fois, il avait le droit d'être malpoli.

Chip arriva environ une heure plus tard. Il toqua à la porte et Foster lui cria d'entrer. Le ton élevé de Foster alarma Chip et trouver le chapelain par terre le surprit. Chip s'immobilisa. La voix puissante et tremblotante de Nina Simone soulignait l'importance du moment. L'appartement de Foster était faiblement éclairé – comme tous les logements appartenant à l'université – et était plus ou moins décoré de la même manière. Chip s'était attendu à voir une croix sur le mur ou quelque chose qui indiquait la profession de Foster mais il n'y avait rien. Il s'approcha de Foster et s'accroupit.

— C'est en quel honneur, mon ange ? Qu'est-ce que tu fais ?

Il écarta les cheveux sombres du front de Foster.

— Je célèbre.

— Tu célèbres quoi ?

— La transition, expliqua Foster. Le détachement et l'attachement.

— Ça me paraît une bonne raison.

Chip s'allongea par terre en face de Foster en imitant sa position.

— Je suis venu ici pour m'excuser.

— Pas la peine. Tu es allergique aux chapelles. J'ai réglé ça.

C'était une raison comme une autre, supposa Chip. Il leva ses mains pour prendre celles de Foster et leurs doigts s'entrelacèrent en musique dans une danse délicate. Chip ne se savait pas capable de ce genre de délicatesse. C'était romantique et sans arrière-pensée. Il n'essayait pas de se glisser dans son lit ou d'obtenir une fellation. Il était simplement là, à savourer l'instant, avec un sourire de contentement tel qu'il n'en avait jamais eu d'après ses souvenirs.

Foster sentit les doigts épais de Chip faire des cercles sur ses paumes de mains. Il s'abandonna au ballet qu'effectuaient leurs doigts, apaisé par les mouvements de Chip. Chip toucha ses poignets, lui provoquant des frissons d'excitation. Les sensations de plaisir firent fermer les yeux de Foster.

— Qu'est-ce qu'on fait ? demanda-t-il.

— Nous faisons danser nos mains. La valse des doigts.

— C'est joli. Très poétique.

Il attrapa la main de Chip.

— Je me sens d'humeur poétique. Tu veux en entendre ?

Ils roulèrent tous les deux sur le ventre et se firent face.

— Ce serait bien, répondit Chip, capturant une mèche des cheveux délicats de Foster pour jouer avec.

Foster tendit le bras vers la table basse et ramena une Bible avec lui.

— Une Bible ? dit Chip. Ce n'est pas ce à quoi je pense quand j'entends le mot « poésie ».

— Attends un peu.

Foster ouvrit le livre là où une page était cornée.

— C'est le plus érotique des livres jamais écrits. *Le Chant de Salomon*.

Il commença à lire et Chip passa un bras autour de lui, embrassant sa nuque et l'arrière de ses oreilles tandis qu'il lisait. Les mains de Chip vagabondèrent sur le corps de Foster. Quand Foster perdait le fil de sa lecture, Chip était là pour lui indiquer où reprendre.

— Ça, c'est un truc coquin, murmura Chip quand Foster reposa la Bible pour reporter toute son attention sur l'entraîneur.

— La Bible est remplie d'amoureux, répondit Foster. Rappelle-moi de te parler de Jonathan et de David.

Ils s'allongèrent une fois de plus sur le sol. Foster fut surpris de trouver la valse des doigts si facile à apprendre.

— Je vais te faire tellement de bien, dit Chip. Tu vas me faire tellement de bien.

VII

Brad était assis sur le canapé dans le lobby du dortoir, mordant rageusement dans une barre de céréale. Ce n'était pas qu'il était en colère contre la barre de céréales. Elle n'avait rien fait… encore. Il ressentait juste le besoin de déchiqueter quelque chose. Il l'arrachait avec les dents comme si c'était du bœuf séché. Ses béquilles étaient posées contre le canapé à côté de lui et sa cheville – pour le moment – inutilisable portait un bandage serré. Il résista à l'envie de gratter la démangeaison qui le harcelait. Il le ferait faire à Trevor plus tard.

Ainsi le coup de la bibliothèque n'avait pas été une idée brillante. Ce n'était pas la première fois qu'un de ses paris ou défis se retournait contre lui. Il y avait eu l'incident du caniche après tout. Ça avait tout surpassé. Mais il y avait une différence entre cette fois-là et maintenant. Il avait perdu ce pari-là. Il avait gagné celui-ci. C'était le bon côté de la chose.

Et il y avait un autre côté positif. Encore meilleur : Jason l'escortait pour aller en cours et pour en sortir. C'était cool, même s'ils étaient obligés de commencer la journée bien plus tôt afin d'arriver à l'heure. Le dortoir était situé à l'opposé des amphithéâtres et les étudiants de l'Université de Verona n'étaient pas autorisés à conduire jusqu'en classe. Le campus ne disposait que de quelques précieuses places de parking.

Pour l'instant, il semblait que la majorité des gens du campus l'ait pris en grippe. Depuis sa chute dans les escaliers de la bibliothèque, Brad s'était fait crier dessus par le directeur de cette même bibliothèque, par le président de l'université et, pire que tout, par le Coach Arnold. L'entraîneur n'avait nullement apprécié qu'il ait dû aller à l'infirmerie.

— Comment tu vas faire pour jouer pour moi maintenant ? Tu ne peux pas, voilà tout ! La pire des conneries à faire.

Il avait adressé à Brad un geste résigné.

— Je dois aller quelque part.

— Désolé, Coach, avait dit Brad.

Il n'était pas sûr que ses excuses aient été entendues.

Ce matin, le président l'avait juste observé en fronçant les yeux. Jason l'avait accompagné jusqu'à la vieille bâtisse où il avait été convoqué avant le début des cours. C'était la plus belle merde dans laquelle Brad s'était jamais trouvé. Rien de plus n'avait été dit en guise de réprimande, seulement cette lourde condamnation muette. C'est ce qu'il y avait de pire. Brad savait gérer les mots et les coups, mais le silence était une chose redoutable. Jason l'avait traité par le silence une fois. Ça avait été l'heure la plus longue de toute la vie de Brad. Après dix horribles minutes, le président avait déclaré : « On trouvera une punition appropriée plus tard. »

Tout ça pour une chute dans des escaliers. Ça *aurait pu* être un accident. Y aurait-il eu un tel esclandre, alors ? Non. Il aurait reçu des paquets de bonbons et des cartes de bon rétablissement. Ça ? C'était juste revanchard.

Brad finit la dernière barre de céréale et fourra l'emballage dans les coussins du canapé, cadeau à trouver pour la prochaine personne.

— Tu es prêt à y aller ? demanda Jason.

Il descendait de l'escalier, ses livres et ceux de Brad dans les bras.

Brad ne répondit rien de plus qu'un vaste grognement.

— Courage, dit Jason en s'asseyant à côté du footballeur mis sur le banc de touche. Je reviens tout juste de la supérette en ville et j'ai réussi à obtenir toutes les boîtes d'œufs expirées qu'ils avaient. On peut bombarder d'œufs la maison de ce vieux Wendell ce weekend. Je les laisserai dans le freezer du rez-de-chaussée en attendant. Qu'est-ce que tu en dis ?

— Tu es un méchant plaisantin, Jase. Comment je vais faire pour balancer les œufs ? Je ne peux pas aller me venger dans cet état. Je ne peux même pas courir.

Jason sourit. Le type de sourire qui faisait comprendre à Brad que son bon vieux copain avait déjà réfléchi à ce problème précis et était bien en avance sur lui pour trouver une solution. Il se leva du canapé et disparut une minute à l'arrière du lobby où il récupéra une vieille chaise roulante pliée. Il la déplia avec une légère mise en scène et la fit rouler jusqu'à Brad. Il se tint derrière, arborant le sourire du héros qui a sauvé beaucoup trop de situations.

— Espèce de barjo !

— Tu l'as dit ! Je l'ai prise à l'infirmerie. Elle ne va pas leur manquer. J'ai pensé que ça pourrait nous être utile à tous les deux si tu pouvais perdre cette attitude fière et si tu te laissais pousser par un type comme moi.

Brad se leva et s'assit rapidement dans la chaise roulante.

— Tu plaisantes ? J'aime les types comme toi. Les types comme toi aiment ce que *moi* j'aime.

Jason déposa les livres sur les genoux de Brad.

— Pouvons-nous aller en cours, monsieur ?

— En route, Hastings. En route.

LA VOIX de Foster semblait légèrement empreinte de panique quand celui-ci appela Chip à deux heures du matin. Un fort piaillement résonnait en bruit de fond. Chip se frotta les yeux et demanda :

— Foster ? T'es où ?

— Euh… salut, Chip. Tu pourrais venir m'aider à la chapelle ? J'ai comme un problème.

— Maintenant ?

— Maintenant, ce serait parfait, merci. Maintenant, ce serait juste…

— Foster ? Tu es toujours là ?

— Oui. Il a juste fallu que j'esquive l'oiseau. Il n'arrête pas de plonger vers moi. Je crois que je l'ai énervé.

Bien sûr, Chip ne demanda pas d'explication. Pas tout de suite. Il s'habilla maladroitement avec le premier survêtement à portée de main et conduisit aussi vite que possible jusqu'à la chapelle, désireux de devenir le sauveur de Foster. Dans quelques jours, il trouverait l'incident hilarant mais, pour l'instant, ses yeux étaient trop flous et son esprit trop embrumé pour qu'il puisse en rire. Un truc au sujet d'un oiseau dans une chapelle. Cela pouvait tout aussi bien faire partie d'un rêve.

Il se précipita à l'intérieur de la chapelle en courant, torse nu et l'air perdu, ne sachant pas à quoi s'attendre. Une fois là, il resta un instant immobile près de la porte grande ouverte et contempla le spectacle. On aurait dit un vrai champ de bataille : des bancs renversés, des papiers éparpillés, des Bibles dispersées au sol. Armageddon ? Un cri strident se fit entendre au-dessus de Chip, alors qu'un petit oiseau lui volait au visage.

— Baisse-toi, cria Foster.

Il était accroupi derrière un des bancs encore debout, un balai à la main. Chip plongea vers lui comme s'ils étaient ensemble dans les tranchées et que c'était une grande guerre.

— Bon sang, c'est quoi tout ça ? D'où sort cet oiseau ?

— Du poêle.

Foster pointa du doigt le vieux poêle inutilisé depuis des années. Le loquet était ouvert.

— J'ai cru que je pourrais y enfermer l'écureuil et appeler la sécurité pour qu'ils mettent la petite bête en lieu sûr, mais j'ai oublié qu'il y avait un oiseau à l'intérieur.

— Attends. Qu'est-ce qu'un écureuil fait ici, d'abord ?

Chip regarda tout autour de lui.

— Je déteste les écureuils, Foster. Je les déteste !

— Est-ce que c'est important de savoir comment il est rentré ?

— Tu essayais de le nourrir, c'est ça ?

— Le voilà ! dit Foster.

Chip attrapa une Bible qui traînait par terre et la jeta à travers la pièce, manquant de justesse la créature à fourrure.

— Merde ! Il va s'en souvenir. Il va s'en prendre à moi avec ses noisettes.

— C'est un écureuil ! rit Foster. Pas la mafia.

— Tu ne connais pas ces écureuils. Les écureuils de Verona sont une race différente des autres.

Il posa une main sur l'épaule de Foster.

— Ne bouge pas. J'ai une idée.

Esquivant l'oiseau une nouvelle fois, Chip se fraya furtivement un chemin en roulant jusqu'à une bassine utilisée pour divers rituels religieux. Elle était en plastique épais, donc très difficilement cassable. C'était une bonne chose. Il repéra l'écureuil au milieu de l'allée. En créature clairement intelligente, celui-ci regardait ce qui se passait avec grand intérêt. Chip fit signe à Foster de contourner la bête à fourrure afin de la pousser dans sa direction. Heureusement pour lui, les écureuils de l'université n'étaient pas du genre très nerveux ; les humains les avaient un peu apprivoisés. La seule chose à laquelle Chip devait faire attention était l'oiseau. Il détestait les oiseaux au moins autant qu'il détestait les écureuils.

Il ôta ses chaussures et avança aussi précautionneusement que possible entre et sur les bancs jusqu'à ce qu'il soit presque au-dessus de l'écureuil. Foster arrivait par l'autre côté. Les piaillements incessants de l'oiseau couvraient le léger craquement du sol en bois, même si Chip se demandait l'importance que ça pouvait avoir pour un écureuil : d'autres sens les prévenaient de l'approche de prédateurs... comme la vue. Il n'y avait aucune chance pour qu'un animal rate la silhouette massive de Chip brandissant une bassine.

Chip fit signe à Foster de charger l'écureuil, et Foster fit ce qu'il lui indiquait. L'écureuil réagit immédiatement et court vers Chip. L'entraîneur sauta du banc sur lequel il se tenait et captura la proie sous la bassine. Il lâcha un soupir de victoire. Mais juste à ce moment-là, juste au moment où Chip croyait avoir tout bien en main, l'oiseau poussa un hurlement strident et Chip sentit un truc humide atterrir sur sa tête. Instinctivement, il ôta ses mains de la bassine pour tâter son crâne, retournant le récipient dans le mouvement. L'écureuil s'échappa et se rua vers la porte ouverte pour retrouver sa liberté. L'oiseau en fit autant.

— C'était un bel effort de groupe, dit Foster en baissant le balai et en se mettant debout.

Chip s'appuya contre un banc, torse et pieds nus. Il avait quelques égratignures suite à son saut depuis le banc mais rien de très sérieux.

Foster s'assit à côté de lui après avoir posé le balai par terre.

— Merci, dit-il. C'est la première fois qu'un ami combattait un écureuil pour moi.

Il embrassa Chip sur la joue.

— Allons donc. Ce n'était pas grand-chose, le taquina Chip. J'ai combattu plein d'écureuils dans ma jeunesse.

Clin d'œil.

Foster se mit à rire et donna une tape sur le genou de Chip.

—Allez. Viens te laver et te débarrasser des saletés que cet oiseau t'a lâchées dans les cheveux. On peut le faire chez moi.

Foster se leva et offrit sa main à Chip.

— Tu ne veux pas d'abord nettoyer cet endroit ? demanda Chip, acceptant l'aide de Foster.

Foster était plus costaud qu'il ne le paraissait ; Chip avait pu s'en apercevoir durant leurs premiers ébats amoureux.

— Ça peut attendre jusqu'à demain matin. On est en milieu de semaine. Dieu est en vacances.

ILS QUITTÈRENT la chapelle, fermant toutes les portes et les loquets du poêle derrière eux afin de maintenir à distance les créatures indésirables. Foster se fichait pas mal que l'oiseau ait quitté le poêle – il se sentait coupable d'avoir perturbé son habitat – mais il admettait que l'écureuil était détestable.

Ils se rendirent à l'appartement de Foster. Les nuits étaient plus fraîches maintenant qu'on avançait dans l'année. L'hiver serait bientôt là et, avec lui, les pensées des deux hommes ne pouvaient que tomber dans des fantasmes de câlins sous des édredons moelleux.

— Je vais essayer de devenir un plus grand fan de football, promit Foster. Promis. Ça n'a jamais été dans mes habitudes ni dans celles de mes proches, c'est tout.

— C'est bon. C'est déjà bien que tu veuilles essayer. Tu n'es pas obligé d'aimer. Reste juste assis dans les gradins afin que je puisse voir ton visage. Ce sera d'une grande aide quand on perdra.

Il posa son bras autour des épaules de Foster tandis qu'ils marchaient. Sa peau nue était chaude.

— Tu crois que cet écureuil est dans les parages ? demanda Foster. À nous regarder quitter la chapelle ?

— À comploter ma mort, sans aucun doute. Il finira par m'avoir. C'est juste une question de temps.

Foster sourit. La nuit était calme. Il semblait que même les étudiants les plus enclins à faire la fête étaient couchés, faisant des rêves humides et angoissés.

— C'est le genre de nuits dont on fait des chansons folks, dit Foster.

— Des nuits comme celle-là ?

— Des nuits exactement comme celle-ci.

FOSTER SHAMPOUINA les cheveux de Chip et lui massa le cuir chevelu avec le même soin qu'un coiffeur chevronné. Chip ferma les yeux et laissa la chaleur de l'eau et la douceur des doigts de Foster l'envahir. Il était toujours torse nu. Des gouttes d'eau et de mousse parsemaient son torse et ses épaules. Foster avait déjà soigné les égratignures et les bleus récoltés pendant les actes héroïques de Chip dans la chapelle. Chip avait même eu droit à un bandage.

— Tu comprendras que je ne mette plus jamais les pieds dans la chapelle, dit-il, ses cheveux toujours lavés avec soin.

La présence de Foster était réconfortante, presque protectrice.

Foster prit la serviette et ébouriffa vigoureusement les cheveux de Chip. Tellement que Chip commença à glousser comme un petit garçon et attrapa l'aumônier souriant, l'attirant sur ses genoux. Ils s'embrassèrent un long moment avant que Foster ne s'assoie à califourchon sur lui sur la chaise. Chip empoigna les cuisses de Foster et les fit passer autour de sa taille pendant qu'il se levait. *C'est dans ces moments-là que toutes les séances de musculation sont récompensées*, se dit-il.

Ils se dirigèrent vers le canapé mais Foster dit avec une lueur malicieuse dans le regard :

— La chambre.

— Tu as ce qu'il faut ?

— Une toute nouvelle bouteille.

Comme un robot guidé par le sexe, Chip tourna sans se tromper et se dirigea vers la chambre. Il jeta Foster sur le lit et sauta sur lui en poussant un cri enjoué. En quelques secondes, ils furent tous les deux nus, leurs mains et leurs cœurs enlacés.

Ce qui rend un moment spécial, c'est qu'il va bien au-delà des mots. Il se définit davantage par le caractère ambiant, à tel point que son souvenir s'imprime dans votre esprit tel un poinçon de joaillerie. C'était ce genre d'instant que partageaient Foster et Chip. Il était marqué d'un point d'exclamation, de centaines de points d'exclamation, et chaque caresse et souffle chaud sur leurs peaux s'assemblaient parfaitement comme les pièces d'un puzzle, solidement, de façon immuable.

Quand Foster était avec Barry, ça ne s'était jamais passé comme ça. Leur routine avait été une danse maladroite. Le plaisir était limité pour Foster à cause de leur gaucherie. Ce qui était encore plus ahurissant dans tout ça, c'est que Barry avait pris des cours de danse toute sa vie. Mais maintenant, avec Chip, avec cet épais joueur de foot, il y avait une vraie élégance. Voilà un partenaire de danse qui savait bouger, qui savait faire haleter et se cambrer Foster. Qui lui faisait oublier qu'il y avait autre chose au monde qu'eux dans ce lit. La seule pensée du monde extérieur qui s'incrusta – et elle fut brève – fut que Lynn avait raison : les cuisses de Chip étaient effectivement comme des troncs d'arbre. Et pourtant, elles épousaient d'une façon plutôt artistique les courbes des hanches de Foster. Une union presque parfaite.

Chip s'était déjà abandonné en faisant l'amour mais, cette fois, c'était différent. Il se souciait bien plus de Foster que de son propre plaisir. À chaque gémissement douloureux de Foster, Chip ne désirait qu'une chose : lui en provoquer davantage. Cet érotisme, cette nouveauté dans le sexe, était étrange, mais il n'y avait aucun doute : c'était naturel. Lorsque Foster bougea ses hanches pour atteindre l'orgasme, Chip n'avait jamais rien vu de plus beau.

C'est à ça que doit ressembler l'art, se dit-il. *C'est ainsi qu'est née la poésie.*

103

Le moment d'extase était passé. Ils tombèrent sur le côté mais continuèrent à couvrir leurs cous et leurs poitrines de baisers et de douces caresses avec leurs doigts. Foster murmura sa gratitude à l'oreille de Chip. Il y avait un invisible voile de contentement au-dessus du lit. Les amoureux le connaissaient bien ; c'est comme la satisfaction que l'on ressent après l'amour.

Je me demande, se dit Chip. *Je me demande, je me demande, je me demande... À quoi cela ressemblera de vieillir à ses côtés ? Prendra-t-on soin l'un de l'autre quand on sera malades ? Se souciera-t-on autant l'un de l'autre quand on sera aussi vieux que les montagnes ?*

Comme s'il lisait dans les pensées de Chip, Foster pensa : « *oui* ».

LA VILLE de Carton était une tentative annuelle de l'Université de Verona de sensibiliser les gens au problème des sans-abri dans le monde. C'était une noble cause mais les étudiants voyaient ça comme une nouvelle occasion pour boire, l'intérêt supplémentaire étant que la ville était temporairement située au milieu de la pelouse centrale. Les étudiants étaient autorisés à amener ici leurs maisons en carton et à les installer pour une nuit, appréciant la fantaisie d'être sans-abri.

Au cours des dernières années, l'idée s'était un peu émoussée. De moins en moins d'étudiants participaient et ceux qui le faisaient décoraient leurs cartons avec de la peinture et des feutres et les montaient comme s'ils participaient à un concours de maisons et jardins bizarroïdes. Certains étendaient même des paillassons de bienvenue devant les frêles constructions. Ceci, bien sûr, n'était pas vraiment ce que l'université avait eu à l'esprit quand l'administration avait initié l'idée des années plus tôt.

Comme cette année il y avait encore moins d'étudiants que d'habitude pour participer à l'événement, il avait été demandé aux membres du corps enseignant d'y assister s'ils le pouvaient. Foster accepta et installa son carton devant la chapelle. Après tout, il était l'aumônier de l'école et il était normal, d'une certaine manière, qu'il montre l'exemple. Quand Foster annonça à Chip qu'il s'était porté volontaire, Chip décida immédiatement de se joindre à lui. Il voulait passer la nuit à câliner Foster. De plus, cela ressemblerait à du camping, ce qui faisait naître un nouveau fantasme dans l'esprit de Chip.

Chip apporta son propre carton et le posa près de celui de Foster. Il amena aussi deux chaises de camping pour qu'ils puissent s'asseoir. C'était contre le règlement mais Chip s'en moquait. La Ville de Carton était sur le point de mourir et ne serait probablement pas de retour l'année suivante.

La nuit était nuageuse et froide. Il était tombé quelques gouttes dans la journée mais rien qui ne justifie d'annuler l'événement. Chip et Foster, installés sur leurs chaises, buvaient des capuccinos tout en gardant un œil sur les choses. À l'autre bout de la pelouse, ils entendirent Brad et Jason faire une nouvelle ronde. Les deux garçons avaient arpenté la ville de long en large toute la soirée. Jason poussait Brad dans une chaise roulante et Brad débitait des prophéties de fin du monde comme s'ils étaient tous des survivants d'une apocalypse. Plus tôt dans la soirée, il avait commencé à réciter des passages des *Raisins de la Colère*, mais il avait ensuite décidé que l'Apocalypse était plus effrayante que Tom Joad. Tous les étudiants levaient les yeux au ciel devant la paire que formaient les garçons mais tout le monde passait du bon temps.

— Il y en a un comme ça dans chaque école, hein ? constata Chip.

Foster se mit à rire.

— Ce n'est pas un si mauvais garçon. J'ai le sentiment que Brad Park et toi vous ressemblez un peu dans votre façon de voir le monde.

— Je n'ai jamais été aussi odieux. Je veux dire, j'aime beaucoup ce petit mais, parfois, il peut être une vraie plaie. Je n'ai jamais été un tel démon.

— Eh bien, au moins, il fait rire les gens. Je l'embaucherais peut-être pour la soupe populaire ce Noël. Tu crois qu'il le ferait ?

— Bien sûr. Je doute que lui ou Jason ait déjà rencontré un vrai sans-abri. Ça ne leur ferait pas de mal.

— Et toi ?

Chip devint sérieux.

— Une fois, quand j'étais gamin. J'étais avec mon père. On était à New-York. Il y avait ce vieil homme, sale et en haillons. Le stéréotype complet. Il mendiait. Mon père est passé juste devant lui comme s'il n'existait pas. J'ai eu pitié de l'homme, alors j'ai lâché la main de mon père et j'ai donné au pauvre gars les quelques centimes que j'avais dans ma poche. Mon père était furieux. Il m'a repris la main et m'a traîné loin de lui. « Il doit le gagner ! » a-t-il dit. « Il doit le gagner lui-même. » C'est la seule fois où je me souviens d'avoir eu honte de mon père.

Foster avait les yeux humides.

— Mon propre père a vécu quelques temps dans la rue.

Chip le regarda d'un air surpris.

— Vraiment ?

— C'était un brave homme mais très religieux, ce qui le rendait parfois très dur à supporter. Un jour, il a disparu comme ça. Il n'y avait aucun mot ni rien pour nous indiquer où il était allé. On n'avait aucune idée de l'endroit où chercher. Il semblait parfaitement heureux avant de partir. Puis on a eu un appel de la police. Ils l'avaient trouvé et arrêté pour avoir dormi sur un banc dans le parc. Pendant tout ce temps il avait été sans-abri et il avait erré. La maladie d'Alzheimer, et personne d'autre dans la famille n'était au courant. C'était un peu égoïste de sa part, vraiment, de ne nous avoir rien dit.

— Désolé, mon ange.

Chip tendit la main vers Foster.

— Où est-il maintenant ?

— Il est dans une maison de repos. Maman ne peut pas s'occuper toute seule de lui. Je lui rends visite quand je peux mais c'est dur. Ce n'est plus la même personne.

Le réconfort que Chip lui apportait en lui tenant simplement la main aidait Foster à contenir ses larmes.

— Bref, continua Foster. Où crois-tu que se trouve cet écureuil ?

— Oh, il est dans le coin. Je vais te mettre au point une série d'exercices de musculation afin que tu puisses te défendre si jamais il essaie de t'attaquer avec ses noisettes.

Chip arborait un large sourire.

— Personne n'a le droit de t'attaquer avec ses noix à part moi.

— Tu es cinglé.

— J'adore comme tes yeux pétillent quand tu me donnes des petits noms.

Le tonnerre gronda au-dessus d'eux et, sans préavis, la pluie commença à tomber. Chip et Foster prirent leur capuccino et se rendirent à la chapelle. Ils regardèrent la population de la Ville de Carton diminuer tandis que les étudiants hurlaient en fuyant l'averse. Jason poussa Brad jusqu'à leur dortoir avec une rapidité à rendre Flash fier. Rapidement, les structures de carton se plièrent et s'effondrèrent.

— Et si on allait chez moi ? demanda Foster.

— Si tu ne l'avais pas proposé, je serais quand même venu.

C'ÉTAIT UNE simple foulure mais Jason veillait à ce que Brad soit aussi à l'aise que possible. Ils s'étaient débarrassés de leurs vêtements mouillés et avaient mis des peignoirs en éponge que la mère de Jason leur avait offerts à Noël dernier. À cette époque, cela leur avait semblé être un étrange cadeau, mais ils les aimaient maintenant. Brad aimait aussi l'attention dont le couvait Jason. Il était installé dans son vieux fauteuil préféré devant la télé, un coussin moelleux derrière sa tête et son dos, et sa jambe était posée sur une brique de lait. Une canette de bière récemment ouverte était posée sur la table à côté de lui. Il zappait entre les émissions de jeu, les chaînes de sports et les déluges de programmes de télé-réalité ; il n'y avait rien de très intéressant. Pas avant que Jason ne soit revenu du rez-de-chaussée avec le dîner et qu'ils puissent s'opposer aux intellectuels de *Jeopardy*.

Sa foulure était en bonne voie de guérison mais ils tenaient tellement à utiliser la chaise roulante pour jeter des œufs sur la maison du président qu'ils faisaient traîner la blessure plus qu'ils ne l'auraient dû. De plus, c'était probablement mieux de ne pas s'appuyer dessus pendant un moment et il était certain qu'ils devraient s'enfuir rapidement une fois que les œufs commenceraient à voler.

Jason revint avec leurs plateaux-repas ; des lasagnes, légèrement carbonisées. Il s'était assuré de donner à Brad la portion du dessus, sachant que ce dernier aimait avoir un peu de brûlé sur sa nourriture. Il en adorait le croustillant. Ils étaient tous les deux assis, chacun dans son fauteuil, et ils mangeaient en silence pendant que Brad zappait entre les chaînes. Brad but toute sa bière et en réclama une autre. Jason s'exécuta sans dire un mot et il s'assit de nouveau comme s'il n'avait pas été interrompu.

La bande-annonce d'un film fut diffusée pendant la coupure pub d'une des trois chaînes sur lesquelles ils gardaient un œil. *Jeopardy* ne commencerait pas avant une dizaine de minutes. Des superlatifs tels que « digne d'un Oscar » ou « spectaculaire » leur étaient balancés.

— « Spectaculaire », répéta Brad. Maintenant, chaque film qui sort a un aspirant Ebert [4] présomptueux pour le qualifier de « spectaculaire ». C'est quand la dernière fois que tu as vu un film « spectaculaire », Jase ?

Jason haussa les épaules en mâchant ses lasagnes, penché au-dessus d'elles comme si son assiette allait lui être volée par en dessous.

— Exactement ! Je n'ai pas vu de film « spectaculaire » depuis… et merde. Je ne sais même pas comment terminer cette phrase. Tu sais ce qui serait génial ? Ce serait qu'ils disent franchement : « Hé, on sait que ce

---

4 NDT : Roger Ebert est un journaliste, scénariste et critique de cinéma américain.

film est nul, mais on a dépensé beaucoup de fric dessus pour que des idiots comme vous puissiez avoir un orgasme oculaire pendant une semaine. » Ouais. C'est ce que j'aimerais voir. Une promo qui dise « merdiculaire » ou « Jésus Christ sur un transat, ce truc est affreux ! »

— Ce serait génial, dit Jason.

— J'ai comme un doute sur ta sincérité, Jase. Mais je vais écrire aux gens du film. Je vais leur écrire et leur répéter exactement ce que je viens juste de te dire.

Jason aimait les coups de gueule de Brad, même si Brad pensait le contraire. Brad accentuait les bons mots et faisait des pauses aux endroits que Jason trouvait parfaits. Brad aurait pu vendre des remèdes de charlatan ; il avait ce charisme-là. Bien sûr, il aurait eu quelques soucis s'il l'avait fait parce qu'en fin de compte, tous les charlatans se faisaient attraper mais, en attendant que ça arrive, Brad se serait bien amusé.

Brad avait englouti sa montagne de lasagnes avant que Jason n'arrive à la moitié de son assiette. Brad regarda l'assiette de Jason, ses sourcils se levant et s'abaissant dans une supplique amusée.

— Tu vas manger ça ?

Jason donna son assiette à Brad en souriant, avec un mouvement négatif de la tête.

— T'es le meilleur, mon pote. Tu veux me raser les couilles après ça ?

— Fais ça tout seul.

— Je faisais que demander. Je veux profiter au maximum de la situation délicate dans laquelle je me trouve.

Il se bâfra de lasagnes et changea à nouveau de chaîne.

— *Le Magicien d'Oz*. Tu aimes ce film, non ? Chantons en cœur. Qu'en dis-tu ?

Puis il ajouta :

— Mmmh. C'est bon. Tes lasagnes sont meilleures que les miennes.

IL ÉTAIT environ trois heures du matin lorsque Lynn frappa à la porte de Foster, cherchant un peu de réconfort. Il dormait allongé sur le torse de Chip, qui était encore une fois resté pour la nuit. Au début, Foster confondit le léger *toc-toc* de Lynn avec les battements de cœur de l'entraîneur mais, lorsque la brume du réveil s'évapora, il réalisa que ça n'avait pas le même rythme réconfortant. C'était un bruit inégal, comme un claquement de volets sur les murs d'une maison en pleine tempête.

Il se leva en essayant de ne pas réveiller Chip (Chip remua tout de même, mais Foster lui dit de se rendormir), attrapa un peignoir et demanda qui était là. Lynn était dans un sale état : son eyeliner et son rouge à lèvres dégoulinaient, lui dessinant un masque d'Halloween une semaine avant la date. Ses cheveux ressemblaient à une botte de foin et elle portait un jogging dans lequel Foster ne l'avait jamais vue auparavant.

— Je peux entrer ?

Elle sanglotait et respirait comme un moteur à vapeur cassé.

Il leur prépara un café et fit bien attention de s'installer dans la cuisine, loin de la chambre et du géant endormi. Elle pleura encore un peu, faisant des constats incohérents, jusqu'à ce qu'ils soient assis depuis cinq bonnes minutes. Foster l'aida à ôter le maquillage de son visage.

— C'était une erreur, dit-elle. Tout n'a été qu'une erreur. J'ai découvert quelque chose sur moi ce soir. Je ne peux pas tomber amoureuse d'un homme. Je ne peux pas, c'est tout.

— C'est ridicule. Bien sûr que tu peux.

Il se sentait mal de ne pas pouvoir lui offrir toute l'attention dont elle avait besoin, mais ses pensées angoissées se tournaient vers Chip, l'obstacle non-encore évoqué qui se dressait entre eux.

— Non. C'est la vérité. On était chez Luke ce soir. Tout se passait merveilleusement bien. On passait un agréable moment. Il est si courtois et attentionné. Et puis je l'ai reconnue.

— Reconnu quoi ?

— Son odeur. Tu te rappelles que je te disais qu'il avait cette odeur rassurante ? J'ai enfin été capable de l'identifier ce soir. Lorsque mon père a arrêté de fumer quand j'étais petite, il s'est mis aux cigares pendant un temps pour compenser. Leur odeur se fixe partout. Ça s'accroche à tes vêtements, à tes cheveux. Depuis, mon père a arrêté d'en fumer. Cela fait longtemps en fait. Mais Luke… Luke fume les mêmes que mon père. Exactement la même marque. J'ai même reconnu le logo.

— Beaucoup de personnes fument le cigare, Lynn.

— Mais tu ne vois pas ? s'écria-t-elle en élevant la voix, exaspérée. Je suis amoureuse de mon père. Je cherche un homme qui est exactement comme lui. Voilà le fin mot de l'histoire. J'étais persuadée que je tombais amoureuse de Luke, mais en fait pas du tout.

— Je crois que tu analyses trop la situation.

— Je ne sais pas.

Elle se leva et commença à faire les cent pas dans la cuisine.

— C'est peut-être le cas. Mais je ne crois pas pouvoir passer outre. De toute façon, j'ai rompu. J'ai pleuré toute la nuit. Je vais être un vrai zombie demain matin.

— Appelle-le. Explique-lui les choses.

— Pourquoi les choses ne peuvent pas être plus faciles ? Où est le livre contenant les règles pour toutes ces conneries ? Je devrais peut-être me remettre avec Chip. Au moins, avec lui, il n'y avait aucun drame paternel tordu.

Foster retrouva immédiatement toute son attention.

— C'est peut-être mieux de laisser le passé là où il est. Tu devrais passer à autre chose.

— Peut-être.

Et comme s'il avait attendu le signal, un bruit étouffé de toux parvint de la chambre. Lynn regarda Foster avec un amusement surpris.

— Tu as un visiteur ?

Il avait sauté sur ses pieds quand Chip avait toussé. Pourquoi n'avait-il pas pensé à un moyen de lui faire quitter l'appartement ? Cette pensée ne lui avait même pas traversé l'esprit. N'importe quel imbécile aurait fait ça.

— Qui est-ce ? chuchota-t-elle.

— Juste quelqu'un de ma connaissance. Écoute Lynn, il y a quelque chose que j'ai l'intention de te dire depuis un moment déjà…

Chip toussa à nouveau et cette fois, ce fut plus fort et suivi de quelques balbutiements prononcés en dormant. Le visage de Lynn se décomposa sous le choc lorsqu'elle reconnut la voix. Ses yeux s'écarquillèrent au point que ses paupières disparurent. Elle se dirigea d'un pas rapide vers la chambre.

— Attends. Laisse-moi te dire comment c'est arrivé.

Mais elle ne l'entendait pas. Elle avait quitté la cuisine et se tenait maintenant, bouche bée, sur le pas de la porte de la chambre, n'en croyant pas ses yeux. Chip dormait étalé sur lit et la bouche ouverte, juste comme il l'avait fait chez elle plusieurs nuits plus tôt. Elle avait envie de hurler et de pleurer, mais tout ce qui sortit fut un gémissement de colère.

— Je suis dans un trou noir, dit-elle. Je suis dans un putain de trou noir et tout ce qu'il y a autour de moi ce sont des hommes et des cigares et des trucs stupides… *stupides !*

Elle se tourna vers Foster, folle de rage.

— Vous n'êtes tous que des trucs stupides !

Foster la regarda d'un air confus.

— T'inquiète ! Je sais que ça n'a pas de sens. Mais rien de tout ça non plus. Tout ça est stupide. Stupide, stupide, stupide !

Elle quitta rapidement l'appartement dans un état pire que celui dans lequel elle était à son arrivée. Chip était réveillé maintenant et observait Foster sur le pas de la porte avec un air perplexe.

— Rendors-toi, amour, souffla Foster.

Chip retomba sur l'oreiller et s'endormit sans attendre le prochain battement de paupières de Foster.

VIII

À Halloween, la maison du président accueillait la fête costumée du corps enseignant. Peu de professeurs avaient des enfants en âge de faire du porte à porte pour récolter des friandises, aussi n'y avait-il aucun besoin de mini-sucreries ni de décorations bon marché. Même à Noël, la maison de Wendell dégageait une atmosphère sombre, voire sinistre. Les boiseries foncées absorbaient la lumière et, à cause des vieux meubles – plus jolis que ceux qu'on avait donnés aux autres maisons du campus – tout le monde faisait attention. Wendell avait essayé d'alléger l'atmosphère du lieu en ajoutant çà et là une lampe ou une fleur, ce qui s'avérait futile car elle était rapidement absorbée par la maison. Une rose est une rose jusqu'à ce qu'elle soit placée dans la maison du président. Elle n'a alors plus rien à envier à une nature morte.

Toutefois, ce sombre jour férié tombait à pic pour Chip. Les sports d'automne touchaient à leur fin et, bientôt, il aurait plus de temps à passer avec Foster. Dans son esprit, il avait un calendrier qui entourait chaque jour jusqu'à la fin de la saison de football. Cependant, Foster avait semblé froid ces derniers temps, comme si quelque chose lui pesait. Chip avait une idée de ce que ça pouvait être. Il se souvenait vaguement s'être réveillé et avoir vu Lynn à la porte de la chambre de Foster deux nuits plus tôt. C'était un souvenir onirique, juste aussi probable qu'il était idiot. Mais quand il avait posé la question à Foster, il n'avait obtenu qu'un semblant de réponse. Quelque chose à propos de fumée de cigare et d'excuses. Ça n'avait eu aucun sens pour Chip, alors il avait laissé couler. S'il y avait quelque chose qu'il devait savoir, Foster le lui dirait.

À la fête, pourtant, ils étaient les rois de l'élégance, peu importe leurs secrets. Ils portaient tous les deux un smoking noir et, dans un magasin de déguisement situé en ville, Chip leur avait acheté des masques simples et chics, l'un blanc, l'autre noir. Chip avait décidé qu'il porterait le noir. Le masque de Foster avait un long nez crochu. Il sourit en le voyant. Chip espérait plus qu'une réponse.

— Tu sais ce qu'on dit sur les hommes ayant un grand nez, déclara-t-il.

Rien de la part de Foster. Juste une pointe de regret dans les yeux. Regrettait-il quelque chose qu'il avait fait ou quelque chose qu'il devait faire ?

— Ne me regarde pas avec ces yeuxlà, dit Chip. Tu me brises le cœur quand tu fais ça.

Ils arrivèrent ensemble à une heure respectable. Quelques murmures surpris se firent entendre lorsque les deux hommes apparurent bras dessus bras dessous mais ils furent rapidement étouffés par l'ambiance joviale de la fête. La maison du président semblait encore plus inquiétante que d'habitude. L'endroit s'épanouissait naturellement dans cette célébration. Wendell les accueillit avec enthousiasme, arborant royalement le costume du Roi Henry VIII. Cela avait été son déguisement d'Halloween des six dernières années. Il lui convenait à merveille. La musique était une compilation de vieux chants d'Halloween et de vieux tubes du Top 50. Wendell n'était pas du genre à suivre la tendance.

Chip trouva son assistant Lenny et Katie Hammond en train de discuter avec d'autres membres du staff d'athlétisme. Il était évident qu'ils avaient parlé de Chip et de Foster. Chip s'y était attendu. Il y eut un silence gêné quand ils rejoignirent le groupe. Chip resta collé à Foster – épaule contre épaule – et l'embrassa même sur la joue pour montrer à ses collègues, dont la plupart était du genre sportif, que ce n'était pas une blague. Foster était heureux de porter un masque. Il se sentait isolé, sans ami, excepté Chip. Lynn n'était nulle part.

— Est-ce que tous les deux, vous… ?

Lenny fut le premier à aborder le sujet. Il s'éclaircit maladroitement la voix, puis croisa et décroisa ses index pour expliciter sa pensée. Il avait refusé de porter un costume pour la fête.

Chip fit un immense sourire empli de fierté.

— Ouais.

Nouveau silence. Les enseignants des autres disciplines, avides de ragots, chuchotèrent en se rapprochant du groupe d'athlètes pour écouter leur conversation.

— Alors, comment Dieu traite-t-il les gays de nos jours ? demanda l'entraîneur de foot féminin.

Agnes Brooks. Membre à vie du Club 700. Elle non plus n'était pas costumée, arguant qu'elle n'avait rien contre le fait de discuter avec des gens à une soirée mais qu'elle ne ferait pas d'effort vestimentaire pour une

113

fête païenne. Tous les regards autour d'eux étaient fixés sur Foster dans l'attente d'une explication.

— Merde, Agnes, dit Katie, femme-pirate à l'œil bandé et tout. Bien mieux qu'il traite vos églises, espèce de vieille bigote ! Viens, Foster. Allons discuter avec des personnes qui en valent le coup.

Katie lui prit le bras et l'éloigna de ce groupe plutôt hostile.

— Il me semble que je ne suis pas très bien reçu, lui confia-t-il.

— Ne t'en fais pas, mon beau. Chip va les remettre à leur place. Je peux le voir bouillonner derrière son masque.

Et c'était une bonne chose que Foster soit emmené ailleurs. Chip cracha à Agnes une série d'insultes agrémentées de jurons à faire pâlir une grenouille verte. Elle ne lui adressa plus jamais la parole après ça. Jamais. Il vit cela comme une victoire. Tout comme la plupart des ceux autour de lui.

— Putain, Chip, dit Lenny. Tu viens de la faire fondre en larmes. *Tout ça pour un mec*.

— Ce n'est pas juste un mec, Len.

Il pouvait dire que l'acceptation de sa nouvelle identité serait un processus difficile. Il avait surestimé les gens.

— Alors, est-ce que tu vas commencer à défiler dans des parades et tout le toutim ?

La question était sincère, sans une once de sarcasme. En fait, Lenny imaginait Chip en minishort dans les rues de San Francisco.

— Peut-être. S'il veut que je le fasse. Mais j'en doute.

Chip se pencha sur l'épaule de Lenny.

— Tu sais, bien sûr, qu'il y a des sacrées belles lesbiennes dans ces parades, hein ?

— Des lesbiennes ? pépia Lenny. Bon sang, j'adore les lesbiennes.

— Chip.

Katie était revenue dans le groupe sans Foster.

— Quand on parle du loup, dit Lenny.

— Où est Foster ? demanda Chip.

— Il est parti. Il a dit qu'il avait des choses à faire à la chapelle.

Chip lui laissa son verre et se dirigea rapidement vers la porte donnant sur le jardin de derrière. Il se fraya facilement un passage à travers la foule et repéra la silhouette de Foster tandis qu'il disparaissait sur la promenade du campus. Chip ne répugnait pas à courir même si son genou lui faisait mal, alors il se mit à le poursuivre.

— Qu'est-ce qui ne va pas avec lui ? demanda Lenny à Katie.

— Je crois qu'il va se faire mordre.

JASON ET Brad étaient dans le jardin sous couvert de la nuit. Ils avaient décidé que jeter des œufs sur la maison du président n'était pas assez audacieux, aussi le feraient-ils quand il y aurait du monde à l'intérieur, bel et bien éveillé. Quelle meilleure opportunité qu'une fête ? Ça aurait fait un défi parfait mais ils ne voulaient en parler à personne d'autre parce qu'on ne sait jamais qui est son ami et qui est son ennemi. Dévoiler leurs plans à n'importe qui aurait pu freiner l'entreprise. Brad eut du mal à garder le silence en présence de la foule de vantards du dortoir.

Ils s'étaient habillés en tenue de camouflage. C'était un look de circonstance, non seulement pour ce qu'ils avaient prévu de faire, mais aussi parce que c'était Halloween. Personne ne suspecterait rien. Ils s'étaient intégrés aux autres étudiants qui laissaient leur folie s'exprimer en ce jour particulier. Brad avait posé les boîtes d'œufs sur ses genoux et les avaient recouvertes d'une couverture épaisse. Jason l'avait poussé jusqu'à la maison du président. Des étudiants avaient levé les yeux au ciel avec l'habituel « Voilà Brad et Jason. » Ils ne s'étaient pas attirés trop de regards étranges si on considérait leur apparence : un mélange de *Qu'est-il arrivé à Baby Jane ?* et de *Platoon*.

Une fois que la fête eut débuté dans la maison du président et que la nuit commença à tomber, ils prirent position dans le jardin. Les invités arrivaient par la porte de devant. Jeter des œufs à cet endroit sans se faire prendre relevait de l'impossible mais, à l'arrière de la maison, c'était faisable. Tout était question de timing et de précision. Ils devaient juste faire attention aux éventuels invités qui se promèneraient par là. Quand, à l'occasion, et avant que le lancer d'œufs ne débute, c'était arrivé, ils s'étaient immobilisés comme des statues. Il n'y avait aucune lumière derrière ou autour d'eux, alors ils s'en étaient tirés facilement.

— C'est du gâteau, Jase, dit Brad. Les doigts dans le nez.

Toutefois, juste au moment où Brad s'apprêtait à lancer le premier œuf et à commencer sa salve de vengeance, l'aumônier sortit. Il resta là pendant un instant et se frotta la tête. Brad se figea, le bras en l'air prêt à lancer, l'œuf presque écrasé par l'arrêt soudain. Foster regarda dans leur direction et plissa les yeux, mais il descendit finalement l'allée sans rien dire et s'éloigna du jardin. Brad, qui avait retenu son souffle, laissa échapper un long soupir tremblant.

Reprenant son élan, Brad se prépara à faire feu. Mais l'entraîneur apparut au même moment. Une nouvelle fois, Brad et Jason se figèrent. Brad murmura un « Merde ! ». Cependant, Chip ne resta pas là trop longtemps. Les garçons crurent qu'ils l'avaient dupé quand il se mit à suivre le chemin emprunté par Foster hors du jardin. Pourtant, alors qu'ils se préparaient à une troisième tentative pour balancer ces maudits œufs, ils entendirent clairement Chip dire : « N'y pensez même pas, les gars. »

Les garçons se regardèrent, Brad toujours dans la chaise roulante.

— Qu'est-ce que tu crois qui se passe entre ces deux-là ? demanda Jason.

— Tu crois qu'ils vont faire « la chose » ?

— Ça vaut le coup de vérifier.

Ils posèrent les œufs au sol, puis Jason poussa prudemment Brad hors du jardin avant d'emprunter la promenade du campus. Les roues de la vieille chaise faisaient un petit bruit gênant mais Jason se tenait suffisamment loin de l'entraîneur pour que celui-ci ne l'entende pas. Quand ils se retrouvèrent sur la promenade, Brad sortit de sa chaise. Sa cheville allait assez bien pour qu'il puisse supporter le petit exercice. Ils abandonnèrent la chaise contre les topiaires et les buissons bordant la promenade et se dirigèrent en silence vers la chapelle. Chip et Foster se tenaient sur le porche, sous la lumière. Ils discutaient mais les garçons ne parvenaient pas encore à entendre ce qu'ils disaient. Quel que soit le sujet, aucun des deux ne semblait vraiment heureux.

Brad et Jason trouvèrent un coin à côté d'un massif d'arbustes. Il y avait un lit de paillis et ils s'accroupirent dessus pour écouter ce qu'ils pouvaient. Brad faillit les trahir quand il marcha dans un petit creux dans le sol et fut à deux doigts de couiner de douleur. Jason le bâillonna avec sa main et ils plongèrent tous les deux au sol avec une curiosité de voyeur.

CHIP ET Foster se tenaient face à face sur les marches de la chapelle. La lumière clignotait au-dessus d'eux. *Une autre chose à ajouter sur la liste des choses à faire*, nota Foster d'un air absent. Il observait les yeux de Chip à travers les trous du masque. L'intensité de son regard n'allait que rendre ce qu'il s'apprêtait à faire plus difficile.

— Qu'est-ce qui se passe ? demanda Chip, peut-être pour la dixième fois.

Il avait suivi Foster jusqu'à la chapelle comme un chiot en colère.

— Dis-le-moi. Tu peux tout me dire.

Il leva son masque sur le dessus de sa tête.

Foster préféra laisser le sien où il était afin de pouvoir cacher ses émotions.

— Je t'assure que tu n'as pas envie d'entendre ce que j'ai à te dire, Chip. Ça va te faire mal. Tu ne veux pas simplement retourner à la fête ? Tu ne peux pas juste t'en aller ?

L'expression de Chip vacilla. Il déglutit mais tenta de conserver son sourire. Il comprenait maintenant pourquoi Foster gardait son masque sur le visage mais c'était inutile. Chip pouvait quand même voir ses yeux remplis d'émotion.

— Je me suis emballé pour rien. Ce n'était qu'une passade, dit Foster. Je croyais que ça pouvait être de l'amour mais je me trompais. Je ne faisais que chercher quelque chose. Je ne l'ai pas trouvé.

— Conneries.

C'était l'exclamation la plus rude que Chip ait jamais adressée à Foster.

— Quelque chose t'effraye. Ça concerne Lynn. C'est à cause de ce que j'ai vu quand je me suis réveillé l'autre nuit.

Foster monta en haut des marches.

— Ça concerne le fait de ne pas blesser quelqu'un à qui nous tenons tous les deux.

— Mais ne tiens-tu pas à *moi* ? Parce que si tu tenais à moi, tu verrais que tu me tues là, Foster.

Il l'agrippa par le bras.

— Ne nous fais pas rompre juste pour essayer de raccommoder quelque chose qui n'est même pas à moitié aussi bien.

Foster fixa Chip. Il releva son masque, les yeux baignés de larmes.

— Mais tu ne vois pas ? Je ne suis pas cet homme-là. Je ne suis pas du genre à blesser les autres si facilement. J'ai eu tellement mal quand Barry s'est trouvé quelqu'un d'autre. Je connais cette douleur. Je ne veux l'infliger à personne d'autre.

— Mais tu n'as rien fait ! Lynn et moi étions déjà séparés, tu t'en souviens ?

— Pas à ses yeux.

117

— Eh bien, c'est elle qui est bête.

Ce fut lui qui laissa couler la première larme.

— Foster, ne fais pas ça, je t'en prie.

— Une relation devrait se construire sur l'honnêteté. J'ai le sentiment qu'on s'est déjà condamnés en ne disant rien à Lynn.

— Ça n'a aucun sens. Tu veux de l'honnêteté ? En voilà : la raison pour laquelle je me suis enfui de la chapelle la première fois, c'est parce que j'ai réalisé que tu m'attirais et que je ne savais pas comment réagir. Pourquoi j'ai fui la seconde fois ? Parce que la femme avec qui j'ai couché après m'être enfui la *première* fois était dans la congrégation.

— Eh bien, voilà, dit Foster, vaincu.

Il se pencha en avant et embrassa doucement les lèvres de Chip, essuyant les larmes avec son pouce.

— Au revoir.

Il baissa de nouveau le masque et entra dans la chapelle, fermant la porte à clé derrière lui. Chip resta abasourdi un instant, puis arracha le masque de sa tête et traversa la pelouse centrale tout seul.

Dans le massif d'arbustes, après avoir été témoins de l'évident et déchirant amour, Jason et Brad mirent enfin un nom sur ce qui existait entre eux. Ils firent l'amour tandis que la fête battait son plein dans la maison du président derrière eux.

IX

CHIP FUT dévasté pendant une heure. Il essaya de téléphoner à Foster mais le chapelain avait éteint son portable. *Je suppose qu'il s'attendait à ce que je le fasse*, se dit Chip. *Bon sang, j'abandonne !* Il s'assit au bord de son lit et se frotta vigoureusement les yeux et le front. Il avait ôté son smoking sur le chemin jusqu'à chez lui. Il y en avait un peu partout entre la voiture et la chambre. Ses yeux étaient rougis par le chagrin mais il se refusait à verser une larme de plus. Il n'était pas ce type d'homme. Foster était du genre à pleurer, pas lui.

Finalement, il était heureux que Foster n'ait pas décroché. De toute façon, Chip ne savait pas ce qu'il lui aurait dit. Il n'allait pas le supplier. Il l'avait déjà fait à chapelle. C'était bien assez. Foster l'avait rendu faible. La poursuite l'avait rendu faible. Plus de poursuite. Plus d'homme.

Il réalisait que sa fierté s'en mêlait mais il avait été naïf de penser que les choses seraient aussi faciles. Tout se passait tellement bien qu'il avait supposé que cela continuerait ainsi. Il avait supposé que ses amis et ses collègues s'enthousiasmeraient automatiquement à l'idée qu'il fréquente un autre homme. Ou du moins ça ne l'aurait pas inquiété qu'ils ne le fassent pas.

Et maintenant, cette même fierté qui lui avait fait vivre chaque défaite au football comme si on lui plantait un couteau dans le ventre le faisait souffrir encore plus. Il ne parvenait plus à répondre au téléphone. Il ne pouvait même plus passer devant la chapelle. Les choses avaient changé et il ne comprenait pas pourquoi. Il voulait la réponse. Il voulait de l'ordre. Comme les hommes ordinaires.

Les nuits suivantes furent les pires pour Chip. Dans la journée, cela pouvait encore aller. Son esprit était occupé, même brièvement, par son travail. Mais c'était la nuit, quand il s'allongeait dans son lit sans corps chaud à tenir, que cela le faisait le plus souffrir. Il s'étirait à la recherche de Foster, simplement pour ressentir une présence fantôme. Il finissait toujours avec un sentiment de manque. Dormir n'était pas une tâche aisée à accomplir et quand il y parvenait, son sommeil était rempli de cauchemars de perte et de cœur brisé. Alors, pourquoi dormir ? Si les rêves étaient identiques à la réalité, à quoi bon en faire ?

Il aurait pu trouver des dérivatifs. Des somnifères auraient pu l'assommer toute la nuit et il y avait toujours les femmes pour lui vider l'esprit s'il se sentait trop mal. Mais étrangement, il réalisait qu'il ne désirait pas de femme. Il ne voulait pas d'un homme non plus. Il voulait Foster. C'était aussi simple que ça. S'il ne pouvait pas avoir Foster, il se complairait dans la misère de ne pas avoir Foster, et il espérait que Foster ferait la même chose. Il trouvait un certain réconfort dans cette forme de torture. Pourtant, Chip mettait le trash metal à fond, à en devenir presque sourd, afin d'empêcher le souvenir de Nina Simone de tourner en boucle dans sa tête.

Il commença à travailler trop. Peut-être même exigeait-il de luimême plus que ce qu'il pouvait donner, bossant encore plus que lorsque c'était le pic de la saison de football. Ses joueurs en étaient les premiers touchés. L'entraîneur ne faisait plus de blagues. Il était le sérieux incarné et il beuglait comme un fou quand la moindre chose ne se déroulait pas comme prévue dans les derniers jours d'entraînement.

Finalement, après s'être presque blessé dans le gymnase, quelqu'un fit une remarque. Tous reconnurent que c'était un acte de courage car l'entraîneur ressemblait à un pitbull acculé la plupart du temps. Il marchait sous la pluie pour retourner à sa voiture. C'était une pluie d'automne glacée. Les feuilles des arbres étaient passées d'un jaune-orangé lumineux à un marron sombre. Chip ne ressentait aucun besoin de s'en abriter, ni d'aucune autre tempête, au sens propre comme au sens figuré. Derrière lui se rapprocha le ronronnement motorisé de la voiturette de golf de Katie. La pluie était tellement forte qu'il l'entendit seulement quand elle fut presque sur lui. Elle resta à son niveau tandis qu'il marchait.

— Tu aurais pu te tuer là-dedans. Tu devrais peut-être aller à l'infirmerie pour t'assurer que tu ne saignes pas à un endroit où tu ne devrais pas.

Elle devait parler fort pour couvrir le bruit du moteur et de la pluie. Katie l'avait vu pousser le tapis-roulant à fond, plus vite et plus longtemps ; ses jambes devaient ressembler à du coton quand il avait finalement été éjecté après un faux-pas. Personne ne s'était permis de rire.

— Je vais bien.

Il continua à marcher, les yeux rivés au sol.

— Tu boîtes.

— Je vais bien, répéta-t-il plus fort. C'est ma blessure du temps où je jouais. Elle fait des siennes.

— Menteur. Pourquoi ne me laisses-tu pas te ramener jusqu'à ta voiture ?

— Non merci.

Elle appuya sur le klaxon.

— Monte dans ce fichu engin, imbécile !

Il regarda furieusement devant lui pendant un instant, s'arrêtant net, puis fusilla Katie du regard. Elle ne le laisserait pas seul, alors il abandonna l'idée de discutailler et monta dans la voiturette.

— Je ne vais pas être de bonne compagnie.

— Est-ce que ce serait trop cliché de dire que tu ne l'es jamais ?

Elle continua sa route, même si elle n'allait pas aussi vite que d'habitude.

— J'ai été amoureuse, une fois.

Chip lui lança un regard de travers. C'était un étrange sujet de conversation qu'elle offrait. Il n'avait jamais entendu Katie parler de ses relations.

— Oui, on partage. Maintenant, tu écoutes. Comme je le disais, j'ai été amoureuse. C'était quand j'étais à l'université. La meilleure période de ma vie. Mon unique relation amoureuse qui ait valu quelque chose. À l'université, on est plus libre d'être ce qu'on est vraiment, je crois. C'est un endroit intermédiaire. Pour je ne sais quelle raison, les lois du monde ne sont pas aussi imposantes là-bas.

Ils arrivèrent au parking. Même les voitures aux couleurs les plus vives prenaient une teinte sombre.

— Elle avait peur, la fille que j'aimais, et elle a rompu avec moi. Sa famille, ses amis, tout ça, tu vois ? Ils ne m'aimaient pas. Je ne comprendrais jamais pourquoi. Je suis plutôt géniale, de mon point de vue.

Elle fit une pause pour le laisser rire intérieurement.

— Et je l'ai laissée partir. Tu arrives à y croire ? J'ai laissé filer la meilleure chose qui me soit arrivée dans la vie sans me battre pour elle comme j'aurais dû le faire. Depuis, même mes moments les plus heureux ont une sorte d'arrière-goût déplaisant. Un peu comme un trou noir.

La voiturette s'arrêta derrière la voiture de Chip. Elle se tourna vers lui.

— Reprends-toi, Chip, et s'il t'aime toujours, alors cours-lui après. Si vous ressentez tous les deux la même chose, tout se passera bien. Vous êtes tous les deux des types extra. Bon sang, tu es l'un des rares hétéros que j'apprécie vraiment.

Elle avait raison, bien sûr. Chip n'était pas du genre à abandonner. Particulièrement quand il voulait vraiment quelque chose. Quand il avait *besoin* de cette chose. Et Katie l'avait presque convaincu. Mais avec Foster, c'était différent.

— J'en ai assez de lui courir après, dit-il.

Il sortit de la voiturette.

— Ce n'était qu'une passade. Une simple curiosité. J'ai juste vécu cette phase plus tard que les autres. C'est tout.

FOSTER NE savait pas vraiment quoi dire dans un moment pareil. Il était assis sur un des bancs du premier rang et observait la croix. Que disait-on au Seigneur quand on n'avait plus le cœur que Dieu nous avait donné ? *« Dieu, je vous en prie, arrangez les choses pour que je puisse avoir le beurre – autrement dit mon amitié pour Lynn – et l'argent du beurre – autrement dit Chip.* Dieu voulait que tous ses enfants soient heureux. On lui avait dit ça toute sa vie mais y croyait-il réellement aujourd'hui ? Et si Dieu était moins interventionniste que Foster l'avait supposé ? Quel genre de crétin avait-il loué toutes ces années ?

L'environnement sonore du lieu ne lui était pas d'une grande aide. Il avait posé une question et la croix ne semblait lui renvoyer qu'une impassibilité sourde en guise de réponse, à la manière d'un amant se retournant dans son sommeil en essayant d'ignorer vos sollicitations insistantes et ennuyeuses. À l'extérieur, la pluie cognait sur le toit, incessante et indifférente. L'oiseau battait encore des ailes dans le vieux poêle. Ne se souciant ni de Chip ni de Foster, il était revenu par la cheminée et était actuellement heureux de voleter dans les ténèbres. Un de ces jours, Foster penserait à réclamer la condamnation de la cheminée afin que l'oiseau ne puisse plus s'y nicher.

C'est l'automne, Seigneur. L'oiseau ne devrait-il pas être dans un endroit situé plus au sud ? Il semblerait que toutes vos créations soient devenues un peu cinglées ces derniers temps.

Vivre sans Chip, c'était comme suffoquer. Il avait l'impression de ne pas pouvoir respirer assez vite. Pourtant il devait maintenir les apparences. Son travail l'exigeait. Toutefois, son travail ne prenait pas en considération que son monde était en train de s'écrouler autour de lui ; son monde émotionnel en tout cas, sa santé mentale. Il ne parvenait même plus à regarder Chip. Désormais, l'éviter était nécessaire, bien que ce soit un acte puéril. Et Lynn ne lui avait plus adressé la parole ni répondu à ses appels. Il l'avait croisée deux fois sur la pelouse centrale mais elle avait agi comme s'il n'était pas là. Pourquoi ne pouvait-il pas faire comme si de rien n'était ? Pourquoi devait-il s'inquiéter autant du bonheur de ceux qui l'entouraient, alors que lui-même était malheureux ? Il aurait souhaité ressembler davantage à Barry. Renoncer à avoir une conscience semblait plutôt attrayant.

La porte de la chapelle s'ouvrit en grand derrière Foster. Ce ne fut pas une âme à la recherche d'une aide spirituelle mais le président de l'université, Wendell, qui s'avança vers lui. Il secoua son parapluie, complètement absorbé par la tâche – le visage figé, la mâchoire serrée – puis il vit Foster assis à l'avant de la chapelle et agita sa patte grassouillette.

— C'est un horrible jour humide, cher Chapelain. Horrible et humide et, après l'été que nous venons d'avoir, absolument nécessaire, je crois.

D'un pas lourd, il se dandina jusqu'à Foster et s'assit à côté de lui en donnant l'impression de se dégonfler.

— Que puis-je faire pour vous aujourd'hui ?

Foster souriait à travers sa douleur.

— Oh, non. Je ne suis pas ici pour une illumination spirituelle. Mais merci ; j'en ai vraiment besoin. J'ai fait quelques choses qui...

Il se mit à rire timidement.

— Non, je suis venu pour vous voir.

— Moi ?

— Je vous ai vu par monts et par vaux, et, pardonnez-moi de vous le dire, mais vous avez l'air ailleurs dernièrement. Je me fais un point d'honneur à vérifier de temps en temps que mes enseignants vont bien, tout spécialement quand ils me semblent... tristes ? C'est l'influence de mon épouse, je suppose. Je n'étais pas vraiment un fouineur avant de la rencontrer.

— Merci, Wendell. J'apprécie le geste. Mais...

— C'est l'entraîneur, n'est-ce pas ? Vous avez mis un terme à votre affection.

Foster le dévisagea. Quelle étrange façon de le dire.

— Est-ce évident ? Je n'avais pas réalisé qu'autant de monde savait que nous... euh, partagions de l'affection.

— L'affection partagée est une de mes spécialités.

Wendell bougea sur son siège comme s'il allait dispenser un énorme conseil, un bras reposé sur le dossier du banc et les yeux rivés au sol.

— Le Coach Arnold aussi a la tête ailleurs. Quoi qu'il y ait eu, c'est toujours là. C'est comme un lien, comme une chaîne, voyez-vous ?

— Des suggestions pour savoir comment les briser ?

— Non. Vous n'aurez pas ce genre de conseils de ma part. Bien qu'il soit plus facile de tirer un trait sur les choses plutôt que de les arranger, le rabibochage est toujours plus épanouissant, vous ne trouvez pas ? Le seul conseil que je peux vous donner est le suivant : n'écoutez jamais les conseils qu'on vous donne quand cela concerne votre propre cœur. Que diable connaissent-ils de lui ? Je n'ai pas de grandes réponses à vous offrir.

Foster esquissa un sourire.

— Votre attitude trahit vos paroles.

— Oui. Je crains d'avoir toujours eu l'air d'un vieux sage, même quand j'étais un jeune homme un peu fou. C'est une ruse terrible. Comment croyez-vous que j'ai réussi à me faire épouser de ma femme ?

Il tapota l'épaule de Foster.

— Tout va bien se passer pour vous. Vous avez le Vieux Barbu de votre côté, non ?

— L'amour et ses tourments – c'est tout un mystère. Je ne crois même pas qu'il connaisse la réponse.

Foster s'appuya sur le dossier du banc et croisa ses bras derrière sa tête.

— C'est tout un mystère. La vie entière l'est, grogna Wendell en se levant. Et vous savez ce qui est tout aussi mystérieux ? Comment trois boîtes d'œufs pourris ont atterri dans mon jardin. Je suis sorti pour m'en débarrasser. Il n'y a rien de pire que l'odeur des œufs pourris.

Il toucha une nouvelle fois l'épaule de Foster.

— Ne vous inquiétez pas, ça va aller.

Foster hocha la tête en signe d'appréciation du réconfort qu'on venait de lui offrir. Il resta assis jusqu'à ce que Wendell soit parti. La pluie cognait toujours sur le toit et l'oiseau battait toujours des ailes dans le poêle. Cela faisait du bien de discuter un peu avec quelqu'un, même s'il n'y avait aucune réponse au bout. Foster se leva et se dirigea vers la porte. C'était presque l'heure du déjeuner. Il pourrait se procurer une pomme au réfectoire, sans croiser Chip avec un peu de chance. Il remarqua une rayure sur le sol et il se pencha pour l'examiner. Un demi-cercle presque parfait là où la bassine avait tapé l'observait. Il redessina la forme avec son index.

— Je devrais partir, dit-il. Je devrais partir à la fin de l'année. Quel autre choix ai-je ?

BRAD ÉTAIT abasourdi. Soit Trevor avait complètement perdu l'esprit – qui n'était déjà pas bien grand –, soit il s'était senti pousser une paire de couilles aussi grosse que celle d'un Percheron. Il était assis dans le fauteuil de Brad, dans la chambre de Brad et Jason, zappant les chaînes de la TV de Brad. Il semblait plutôt à l'aise, même quand Brad entra dans la chambre. Jason était toujours en cours. Il revenait habituellement plus tard que Brad. Certains professeurs étaient plus désireux que d'autres de se débarrasser de leurs étudiants.

Brad fit tomber ses livres au sol dans un grand fracas.

— Putain, qu'est-ce que tu fabriques, petite merde ?

Il s'approcha du fauteuil et fit tomber l'intrus par terre d'une unique secousse du fauteuil. Trevor se releva, pas le moins du monde bouleversé, affichant un air très satisfait. Une chaussette sale qui traînait par terre et qui s'était collée à son visage retomba.

— Tu croyais pouvoir garder ça secret pendant combien de temps ? Ta petite aventure avec Jason, je veux dire.

— Réponds d'abord à ma question, mon vieux.

Brad avait sérieusement envie de botter le cul d'un Moore. Il avait à peine relevé la requête de Trevor à son égard. Sa cheville était totalement remise maintenant et il mourrait d'envie de la tester. Chasser Trevor en bas des escaliers et le foutre dans le séchoir à linge semblait parfait.

Trevor ouvrit un magazine devant Brad. La page centrale où trônait un homme nu se déroula. Brad réalisa de quoi Trevor voulait parler.

— C'était adressé à Jason. Imagine ce que vont ressentir les autres quand ils vont découvrir avec qui ils se douchent. Pauvre Jason.

Si jamais il y avait un bon moment pour tuer ce petit con, ce serait maintenant. Il envisageait de « révéler » Jason, ou bien tous les deux, au dortoir tout entier. Brad ne savait pas quoi faire. Il dévisagea Trevor. Il le dévisagea si intensément que ça devait faire mal, car Trevor tressaillit. Brad essaya de lui prendre le magazine des mains mais Trevor fut plus rapide. Il bondit jusqu'à la porte.

— Je te tiens maintenant, non ? Je te tiens, grand chef.

Il ricana avec une sorte de plaisir que Brad n'avait vu que dans les films de Walt Disney.

Brad se mit à lui courir après mais, une fois que Trevor eut disparu en bas des escaliers, Brad abandonna. À quoi cela serviraitil ? De toute façon, Trevor le dirait à tout le monde. Le réduire en bouillie ne lui servirait à rien d'autre qu'à lui causer plus d'ennuis. Demain à la même heure, le bruit aurait couru dans tout le campus que lui et Jason avait une relation ambiguë.

Brad retourna dans sa chambre. Il s'assit dans son fauteuil et se mit à réfléchir. Il n'y avait vraiment qu'une seule chose à faire. Ils devaient reprendre le contrôle de la situation. Ce qui signifiait la dévoiler. C'était le moment où jamais de grandir. C'était LE moment. Il fallait qu'ils devancent la rumeur répugnante et qu'ils la défassent avant qu'elle ne s'ébruite. Ils devaient l'avouer eux-mêmes avant que ça ne devienne viral.

Jason revint de cours cinq minutes plus tard. Brad était toujours posté dans son fauteuil. Jason remarqua qu'il le regardait avec une étrange douceur mêlée de pitié. C'était une expression troublante, plus particulièrement venant de Brad.

— Il faut qu'on parle, lui dit Brad.

CE SOIR-LÀ, Jason et Brad se retrouvèrent à l'entrée du théâtre. Ils regardaient la flèche vaillante saillir dans les airs.

— Tu es sûr que c'est ici ? demanda Brad.

— Ouais.

Jason avait passé un appel après avoir discuté avec Brad. Brock O'Connell avait été tout excité d'avoir de ses nouvelles.

— On a une réunion, ce soir ! avait-il dit d'un air qui ne semblait pas aussi surpris que ce que Jason aurait cru.

— Eh bien, allons-y, alors.

Au sous-sol du théâtre se trouvaient des salles pour les cours et les accessoires. Jason et Brad passèrent devant quelques-unes, suivant le léger bourdonnement de voix. Cela ressemblait davantage à une petite fête qu'à une réunion de club.

— Pourquoi on fait ça déjà ? demanda Brad. Je veux dire, je sais que c'était mon idée, mais…

— Parce que c'est important d'avoir le bon soutien. On ne va pas l'obtenir des gars du dortoir.

— De nouveaux amis. De nouveaux amis avec qui on ne va rien avoir en commun.

126

Ils entrèrent dans la pièce qui ressemblait davantage à un salon de thé. Des canapés et des fauteuils en piteux état avaient été disposés au hasard. Dans un coin, une machine à café était posée à côté de rangées de mugs dépareillés au-dessus desquels on pouvait lire une pancarte PRIÈRE DE LAVER APRÈS UTILISATION. L'éclairage était agréable et la musique était basse et accueillante : les Indigo Girls. En tout, il devait y avoir ici dix personnes, en comptant Brock O'Connell, qui lisaient dans les canapés, faisaient leurs devoirs ou parlaient de musique. On jeta des coups d'œil à Jason et Brad mais personne ne leur prêta vraiment attention jusqu'à ce que Brock les voie. Quand il aperçut enfin Jason, il posa le magazine qu'il était en train de lire et se précipita vers lui.

— C'était vraiment génial que tu me contactes ! dit-il en s'emparant de la main de Jason.

Brad inspira profondément. Il s'accrocha rapidement à l'autre main de Jason.

— Bienvenue à l'Alliance Gay et Hétéro.

— Il y a des hétéros ici ? demanda Brad.

— Eh bien, non. Pas encore. Mais nous sommes assez récents sur le campus. Il y en aura.

Brad fit le tour de la pièce du regard.

— Ce n'est pas si mal, dit-il.

Puis, d'une voix tonitruante, il leva sa main et celle de Jason et déclara :

— Je m'appelle Brad Park, et voici Jason Jordan, et nous sommes gays.

Ceux qui se trouvaient dans la pièce l'observèrent avec amusement.

— Seigneur, Brad, dit Jason. On n'est pas aux Alcooliques Anonymes.

X

CHIP ÉTAIT debout en train de regarder les dernières secondes du match leur échapper. Ils allaient perdre le dernier match de l'année. La saison toute entière n'avait été qu'une succession de défaites. Chip ne serait pas surpris si le département de sport exigeait sa démission. Il la leur donnerait sans se battre.

Le vent d'ouest apportait un froid de canard et le ciel était un dégradé de gris. Les spectateurs – ceux qui n'étaient pas déjà partis – étaient blottis dans les gradins, enveloppés dans des couvertures et des manteaux. Ils buvaient leur café ou leur bière avec plus d'intérêt qu'ils n'en avaient eu pour tout le match. Chip supposait que c'était de sa faute. Il avait été un entraîneur médiocre ces deux dernières semaines. Il avait laissé ses problèmes personnels déteindre sur ses matches.

En plein milieu de la partie, il avait instinctivement levé la tête vers les tribunes à la recherche de Foster. Il avait fait la même chose le week-end précédent. Mais bien sûr, il n'y avait aucun signe du chapelain, aucun sourire rassurant. Il n'y avait eu que des étrangers et des parents, tous l'air légèrement irrité. Quand Chip avait vu la mère de Trevor dans la foule, il avait su qu'ils coucheraient ensemble cette nuit-là. Elle l'avait regardé comme beaucoup de femmes l'avaient fait auparavant, seulement cette fois-ci, il réagissait moins au flirt qu'au besoin en lui d'avoir un peu de compagnie.

Le sexe entre eux ressemblait un peu au fonctionnement d'une machine à laver de lavomatic. Insérer le jeton, profitez du temps imparti ; puis c'est terminé. Il n'y avait rien de sensuel dans tout ça. Du moins pas pour Chip. Il avait senti qu'elle avait aussi d'autres motivations mais il s'en foutait. Il utilisait une protection. Si elle désirait un bébé, ce n'était pas avec lui qu'elle en ferait un. Pourtant, ce n'était pas ce qu'elle semblait vouloir.

Il resta assis à côté d'elle sur le lit pendant un long et silencieux moment après leur partie de jambes en l'air. Les cheveux de la mère de Trevor étaient plus volumineux que la première fois qu'ils s'étaient rencontrés. Il trouvait que ça lui allait bien d'être décoiffée après l'amour. Se conformant au cliché, elle sortit une cigarette et tira une bouffée. Chip

128

détestait la cigarette. Personne n'avait jamais fumé après avoir couché avec lui. La scène lui donnait l'impression d'être directement tirée d'un film de James Bond. Il se dit qu'elle avait dû se sentir mal à l'aise pour employer pareil expédient narratif. Ça aurait fait rire Foster.

Chip se sentait terriblement coupable, comme si en couchant une nouvelle fois avec cette femme, il avait trahi Foster. D'une certaine façon, c'était le cas. Il savait qu'ils tenaient toujours l'un à l'autre même s'ils ne pouvaient pas le montrer, ou plutôt, même si Foster ne lui *laissait* pas le montrer.

Il se leva et se glissa dans son boxer. La mère de Trevor le regarda, tandis qu'il s'habillait et se dirigeait vers la salle de bain.

— Dois-je comprendre que je dois partir ? demanda-t-elle.

Son ton était sensuel et langoureux.

Chip se regarda dans le miroir de la salle de bain. *Espèce d'enculé de coupable*, se ditil. La culpabilité pouvait très rapidement rendre une personne laide. Il commençait à le remarquer.

— Fais ce que tu veux, répondit-il.

— Est-ce que je t'ai déjà parlé de mon mari ? demanda-t-elle, toujours allongée, reposant contre la tête de lit avec sa cigarette. Les stars du football peuvent être vraiment pénibles. Ce ne sont pas toujours les hommes les plus attentionnés. En fait, ils sont plutôt égoïstes. Mais je fais ce que je veux, alors je suppose qu'il en ressort quelque chose de bon.

Chip se rinça le visage, il l'entendait sans vraiment l'écouter.

— Pour des millions de gens, c'est un héros. Trevor le vénère. Bien sûr, c'est normal pour les garçons. Ils vénèrent tous leur père.

Elle cracha une épaisse bouffée de fumée.

— Mais être la femme d'un héros… eh bien, ce n'est pas une chose aussi facile. Le monde te juge autant qu'il juge ton mari. Tout le monde te regarde un peu différemment. Tout le monde attend que tu te plantes. Quand tu es la femme d'un héros, tu dois apprendre à te servir toi-même. C'est un truc que j'ai appris en étant mariée à une star, à un héros. Si je veux quelque chose, je l'achète. Je l'achète ou je le prends. Dans ce monde, tu dois faire attention à toi. Tu dois cacher tes sentiments. Tu dois accepter de devenir amer. Si tout ça te convient, tu peux tout avoir. Jusqu'au moindre joli petit joujou.

FOSTER ÉTAIT horrifié. Barry – l'ex, le traître, l'infidèle – se tenait devant sa porte. Il n'était même pas allé à la chapelle ; il était venu directement

129

à l'appartement de Foster. Il était complètement débraillé. Ses cheveux n'étaient pas coiffés, il avait besoin de se raser et ses yeux étaient rougis comme sous l'effet d'une allergie. Il portait des vêtements froissés et tenait un bouquet de lys dans les mains.

— Tu me pardonnes ? demanda-t-il.

Qu'espérait-il ? se demanda Foster. Que l'allure désolée dans laquelle il se présentait à lui convaincrait automatiquement Foster de le reprendre ? Foster connaissait mieux Barry que ne le croyait ce dernier. Une fois, Foster avait vu Barry utiliser une tactique similaire pour retrouver son travail. C'était dégoûtant à l'époque et ça l'était encore aujourd'hui. Foster avait eu honte d'avoir aidé Barry lors de cette occasion particulière mais il n'avait pas voulu le perdre. Il avait eu peur de se retrouver seul.

— Donne-moi une autre chance, dit Barry, en tendant les lys.

Foster soupira.

— Barry, il te faudra plus que ça. Mais ce n'est pas moi qui te l'accorderai.

Il repoussa les fleurs.

— Je ne peux pas entrer ? On peut en discuter.

Il souriait d'un air suppliant. Ça avait toujours fonctionné par le passé.

Foster était tenté de le laisser entrer. Il y avait des histoires dans la Bible qui évoquaient ce genre de situation. C'aurait été agréable de sentir quelqu'un près de lui, dans son lit, même si ce quelqu'un avait désormais perdu tout attrait à ses yeux. Il y avait du confort dans la suffisance, dans la monotonie. La routine jeta son œil endormi sur Foster par-dessus les épaules baissées de Barry. Pendant un moment, Foster fut tenté de dire oui. Mais ayant été quelques temps avec Chip, il reconnaissait maintenant la différence entre désespoir et dévotion.

Sans un mot, il secoua la tête et ferma la porte. Barry resta là encore un moment. Il appela même Foster mais, bientôt, réalisant que Foster avait changé, il partit pour de bon.

Sur un campus aussi petit que celui de l'Université de Verona, il était impossible de ne pas tomber sur la personne qu'on essayait d'éviter. À moins d'étudier ses habitudes et de connaître par cœur les chemins qu'elle empruntait, d'agir – dans les faits – en maniaque obsessionnel, on finirait forcément par la croiser. Les lois de la physique devaient être respectées. Lynn Hewes n'avait pas l'intention d'ignorer ou d'éviter Chip ou Foster pour toujours. Elle ne savait tout simplement pas quand son indice de malaise redescendrait à un niveau normal et elle n'avait jamais aimé provoquer de telles choses. Comme tout le reste dans sa vie, l'angoisse lui donnait des boutons.

Elle ne remarqua pas Chip jusqu'à ce que celui-ci se trouve juste à côté d'elle dans le réfectoire, remplissant son plateau de tout ce qui s'offrait à lui. Elle était tellement occupée à choisir entre un éclair au chocolat et une mousse au chocolat qu'elle ne le vit que quand sa grosse main se tendit devant elle et prit un des bols de mousse au chocolat. Elle trouva cela très malpoli mais ne dit rien.

— Désolée de te faire attendre, sourit-elle, plein d'étoiles et d'innocence dans les yeux. Je peux être tellement indécise.

Il ne répondit rien. Il ne la regarda même pas. Son séduisant air renfrogné était dirigé vers son plateau comme s'il était contrarié par le choix qu'il avait fait.

— Alors, comment va la vie ? essaya-t-elle à nouveau.

Cette fois, il la regarda. Elle déglutit nerveusement en attendant sa réponse, conservant son sourire et son regard plein d'innocence.

— Elle suit son cours, dit-il.

Il la dépassa dans la file d'attente et continua à dévaliser le buffet.

— Je crois que ce n'est pas aujourd'hui qu'on va arranger les choses, marmonna-t-elle dans sa barbe.

Elle sentit une main légère mais ferme saisir son coude. Katie Hammond se tenait à côté d'elle, plateau en main.

— On doit parler, dit-elle.

Elle tira sèchement Lynn hors de la queue.

— Mais je n'ai pas payé !

— Tais-toi et écoute-moi.

Lynn se tut immédiatement. Katie avait toujours un air hostile mais, maintenant, elle semblait absolument en colère.

— Tu veux aider Chip ? demanda Katie. Eh bien alors, arrange toute cette merde avec Foster. C'est de là que tout vient.

— Je ne crois pas que…

— Ils sont amoureux, idiote. Tu ne peux pas voir ça ?

Lynn se sentit légèrement gênée. Comme si tout le réfectoire écoutait leur conversation.

— Amoureux ? Ils se sont rencontrés cette année. Je connais l'amour. Je connais Chip. Chip est tout ce qu'il y a de plus hétérosexuel.

— Tu ne sais absolument rien de l'amour. Qu'est-ce que le sexe a à voir avec l'amour ?

Lynn savait que Katie avait raison, bien sûr. C'est juste qu'elle trouvait très difficile d'admettre ses torts.

— Eh bien… qu'est-ce que je peux y faire ? Ce n'est pas de ma faute s'ils ont rompu.

— Chip est malheureux sans Foster et vice-versa. Il faut que tu dises à ton ami que ce n'est pas un problème s'il voie ton *autre* ami. C'est quelque chose que tu *dois* faire. Est-ce que tu as vu la femme avec qui couche Chip ?

Lynn fut prise de court.

— Il couche avec une autre femme ?

— Et c'est un vrai vampire.

— Mais, et moi ?

— Tu es vraiment chiante, Pollyanna. Passe à autre chose ! Résous tes petits complexes, quels qu'ils soient, et retourne avec Luke. Il t'apprécie. Il t'apprécie énormément. Fais-le pour que Chip et Foster reprennent leur vie ensemble. Tu vois comme c'est facile ?

Soudain, Lynn ne se sentait plus du tout en colère. Elle regarda son plateau comme si le contenu n'était pas comestible, mais un assortiment de fausse nourriture, un collage en 3D.

— Tu es quoi ? demanda-t-elle. La thérapeute de couple du campus ?

— Oui, pétasse, je suis leur fée marraine.

Lynn avait des difficultés à se faire traiter de *pétasse*.

— J'agis juste en amie avec Chip. Essaie de faire pareil pour Foster.

Katie lui lança le genre de regard qui fait réfléchir, puis se dirigea vers une table où étaient assis quelques-uns de ses coureurs. Lynn resta immobile un instant. Elle était empêtrée dans un désordre émotionnel. Amour. Relations. Responsabilité humaine. Quel bordel. Elle remit la mousse au chocolat là où elle l'avait prise sur le buffet et sortit du réfectoire pour se promener. C'était une des choses qu'elle appréciait sur le campus. Il y avait plein d'espace pour marcher et réfléchir.

CHIP RELEVA son col pour se protéger du vent qui balayait la vallée et pénétrait son bureau de la salle de sport. La pluie avait cessé. Il s'était assuré de fermer la porte du bureau quand il était entré ici afin que personne ne le dérange.

Tomber sur Lynn Hewes restait vraiment coincé en travers de sa gorge. Il n'avait pas eu le loisir d'apprécier sa montagne de nourriture ni même de s'asseoir avant que Lynn ne se décide à lui parler. Lynn l'avait déjà énervé quand ils sortaient ensemble mais c'était toujours des petites choses. Il les appelait des caprices. La voir dans le réfectoire avait provoqué une rage sourde en Chip. Ce n'était en rien à cause de ce qu'elle avait dit. C'était peut-être la *manière* dont elle avait dit ce qu'elle avait dit. Comme si absolument rien ne s'était passé. Comme si elle n'était pas la raison de sa tristesse et du fait qu'il s'était maqué avec une ancienne chercheuse d'or, qui fumait comme un pompier, juste pour pouvoir sentir un semblant de contact humain.

Personne ne veut être seul. Il n'y a rien de pire au monde que la solitude. La mère de Trevor avait peut-être raison. Juste s'amuser avec des jouets. Si l'un se casse, on s'en trouve un nouveau. Mais cela semblait si rude. Et pourtant, Chip réalisait que c'était la façon dont il avait agi pendant presque toute sa vie d'adulte. Quand une femme l'avait déçu ou avait souhaité que cela devienne plus sérieux, il était parti en quête d'un tout nouveau jouet. Aujourd'hui, cela lui soulevait le cœur. Et puis il avait rencontré Foster et, soudain, c'était Chip qui avait voulu quelque chose de sérieux. Il n'avait jamais connu un lien comme celui qui les unissait, Foster et lui.

Mais il avait été brutalement rejeté. Il n'avait pas vu le chapelain depuis plus d'une semaine, bien qu'il l'ait cherché un peu partout. Foster était un adepte de la fuite. Bien sûr, tout ce que Chip avait à faire, c'était se rendre à la chapelle. L'incertitude de ce qui pourrait se passer était ce qui l'arrêtait. Dans sa tête, chaque tentative tournait très vite à la catastrophe. Une *grosse* catastrophe. Pour l'instant, il préférait le fil lâche au bout duquel il se balançait au bourbier qu'il ne pouvait pas voir.

Jason Jordan et Brad Park passèrent les portes du gymnase tandis que Chip approchait. Ils ne l'avaient pas vu, étant probablement en train de comploter pour la chute d'un de leur coéquipier. D'après ce qu'il avait entendu dire, ils étaient maintenant en couple. Un couple gay, tout ce qu'il y a de plus vrai, sur le campus de l'Université de Verona. Pas qu'il n'y ait pas eu de couple gay auparavant, mais Jason et Brad étaient des joueurs de football bien connus. Cela avait généré quelques bruits. *Tant mieux pour eux*, se dit Chip.

Il se demanda s'il ne devait pas essayer de trouver un autre mec avec qui coucher. La mère de Trevor ne faisait définitivement pas l'affaire pour lui. Peut-être qu'un type le sortirait de sa déprime. Mais à bien y réfléchir, il savait que c'était ridicule. La réponse était évidente : le gars, quel qu'il soit, ne serait pas Foster. Il eut envie d'arracher la porte de ses gonds lorsqu'il entra dans la salle de gym.

Pourtant, quand il vit Foster dans le hall d'entrée, sortant de son entraînement de midi, ses dents se desserrèrent. Ils restèrent immobiles, s'observant de chaque extrémité du hall comme si celui-ci était une étendue d'eau traîtresse, inconcevable à traverser. À un moment donné, Chip crut que tout irait bien. Foster sourit et leva la main. Chip le salua en retour, d'un geste hésitant. *Et maintenant ?* se demanda-t-il. *Et maintenant ?*

Rien. Foster baissa la main, regarda par terre et partit sans un mot. Chip avait le regard fixé sur l'endroit où s'était tenu Foster. Il envisagea de lui courir après pour exiger qu'ils mettent les choses au clair. Il imaginait que ce serait un discours émouvant et romantique, et qu'il regagnerait immédiatement Foster, au diable les obstacles. Mais Chip savait qu'il n'avait pas de telles capacités. Quoi qu'il puisse dire, cela ressemblerait à du jargon sportif, à une tentative désespérée, ce qui, bien sûr, serait absolument vrai. Tout ce qui lui venait vraiment à l'esprit, c'était *Reviens-moi ! Reviens-moi !* Son bide lui disait que la réponse serait un moins désespéré, mais douloureux : *Non.*

XI

Katie avait raison. Lynn supportait mal ce fait mais c'*était* un fait. Cette pensée la maintint éveillée toute la nuit jusqu'à ce que son ego retrouve une taille raisonnable. Chip aurait traité cette situation de bordélique. Il la traitait probablement déjà de bordélique. Elle pouvait seulement imaginer le nom qu'il lui donnerait si Katie avait raison et qu'elle s'était effectivement immiscée dans une relation naissante. Malgré tout, « relation » et « Chip » étaient deux mots qu'il était bizarre de mettre dans la même phrase. Laissez à l'Homme de Dieu le soin de dompter le Cadeau de Dieu fait aux Femmes.

Elle appela Foster tôt le lendemain matin et celui-ci répondit au téléphone avec une appréhension notable – pour Lynn, en tout cas.

— On peut parler ? demanda-t-elle.

Ils se retrouvèrent devant la bibliothèque. Foster leur apporta à chacun un cappuccino et ils se baladèrent sur le campus. La pluie de la nuit précédente avait tout assombri. Le sol était boueux sur les allées. Les feuilles étaient tombées de leurs branches et avaient laissé leurs arbres nus et endormis. Foster et Lynn marchaient d'un pas lent, essayant de faire passer la gêne initiale en buvant de grandes gorgées de leur gobelet et en se pelotonnant étroitement dans leurs manteaux.

— En fait, fit enfin Lynn, j'ai réagi de manière excessive en vous voyant tous les deux ensemble. Je veux dire, comprends-moi. C'était très choquant. Chip a toujours été…

— Un vrai hétéro ?

— Oui. Un pur et dur. De le voir dans ton lit m'a désarçonnée. Et ce n'est même pas parce que je suis amoureuse de lui. Je ne le suis vraiment pas. Je ne l'ai jamais été. C'est juste que… au moins, quand j'étais avec lui, je n'étais pas seule.

Il but une gorgée et regarda dans le gobelet comme s'il allait lui apporter des réponses ou un présage.

— Je suppose que j'ai été jalouse. Voilà, je l'ai dit. Je suis horrible pour ça, je le sais.

— Mais non. Il y a très peu de personnes qui supportent d'être seules.

— Tu semblais le supporter, toi.

Elle fut gênée de sa propre rudesse et tenta de se rattraper.

— Enfin… après ta rupture avec Barry. Tu semblais t'être remis sur pieds si facilement.

— Ah bon ?

Son esprit imprima l'image de Barry se pointant à son appartement et l'étrange échange qui s'en était suivi.

— Je suppose que c'est une question d'équilibre. Tu essayes de trouver des motivations pour empêcher ton sourire de dégouliner comme de l'aquarelle.

Il la regarda.

— Je n'ai pas toujours réussi. Certains soirs, prier ne me faisait aucun bien et je faisais des trous dans mes coussins pour m'empêcher de hurler.

Elle lui prit la main.

— Ça va mieux pour toi maintenant.

Appréciant le geste, Foster lui sourit.

— Je suis désolé de ne pas t'avoir parlé de Chip et moi. Je voulais le faire. Mais je n'ai jamais su comment.

— Je doute que cela se serait passé différemment si tu l'avais fait. Tu me connais.

Elle se mit à rire, gênée.

— Je pique facilement ma crise.

Ils s'arrêtèrent au bord du fleuve et regardèrent vers l'eau. Une immense péniche transportant du charbon descendait le courant. C'était le genre d'embarcation égoïste qui ne laissait guère de place sur le fleuve aux autres bateaux.

— Alors, maintenant, tu peux te remettre avec lui. Ça ne me dérange plus.

Lynn ne semblait pas trop sûre d'elle.

— Ça ne me *dérangera plus*.

Le regard de Foster quitta la péniche pour balayer les collines alentour.

— J'ai décidé de partir l'année prochaine. J'ai remis ma démission.

Lynn se tourna vers lui, choquée.

— À cause de moi ?

Il essaya de se montrer réconfortant.

— À cause de beaucoup de choses.

— Tu ne peux pas partir ! Chip va me haïr. Il va absolument me haïr.

136

— Je crois que c'est mieux comme ça. Pour moi. Pour Chip. Pour toi. J'ai contacté le séminaire pour qu'ils me cherchent un poste ailleurs.

— Je ne peux rien dire pour t'en dissuader ? Te faire davantage d'excuses ?

Il l'enlaça et l'embrassa tendrement sur le front.

— Non.

Il la laissa là, abasourdie et perdue. Elle regarda à nouveau la péniche. Elle s'éloignait encore plus, rendant le fleuve aux autres embarcations qui en avaient besoin. Il était peut-être vrai qu'elle ne pouvait rien dire à Foster pour le faire changer d'avis, mais c'était Wendell qui avait le dernier mot concernant les démissions. Elle prit rapidement un peu de cappuccino et planta ses talons dans le sol pour remonter la pente jusqu'au bureau de Wendell situé dans le bâtiment administratif. Lynn ne voulait pas être responsable d'avoir ruiné la vie de deux personnes. Elle savait ce qui arrivait aux personnages de la littérature qui le faisaient. Ils devenaient les grands méchants et mourraient d'une horrible façon faisant intervenir du feu ou du cannibalisme. Ou les deux.

La scène fut directement tirée d'un film hollywoodien lorsque Lynn passa en coup de vent devant la secrétaire de Wendell – et ses protestations véhémentes – et ouvrit à la volée la porte du bureau du président. Elle était fière d'elle, stimulée par des brides de l'« Ouverture Solennelle 1812 » jouant dans sa tête. Le président de l'université sursauta sur sa chaise, des papiers tombant du bureau en volant.

— Bon, bon, bon, bon…

— Vous ne pouvez pas le laisser partir !

Lynn se pencha sur le bureau, le visage rouge et le souffle court.

— Vous ne pouvez pas l'autoriser. De toute façon, c'est entièrement de ma faute s'il veut s'en aller. Si quelqu'un doit partir, ça devrait plutôt être moi. Laissez-les être ensemble. Je ne veux pas être le grand méchant Vous ne pouvez pas le laisser partir !

— Pour l'amour du ciel, Professeur Hewes ! Mais de quoi parlez-vous ?

— Foster. Il a dit qu'il avait remis sa démission. Vous ne pouvez pas l'accepter.

Wendell se repositionna dans sa chaise.

— Oh, ça. Eh bien, que proposez-vous que je fasse ? Cet homme n'est manifestement pas à l'aise ici. Je peux le comprendre. C'est un petit établissement. Il est pratiquement impossible d'éviter quelqu'un et vous êtes très certainement au courant de ce qui s'est passé entre lui et le Coach

Arnold. Si ce n'est pas le cas, alors vous êtes bien la seule sur ce campus cancanier.

— Mais vous l'appréciez !

Elle réalisa qu'elle le suppliait mais quel autre choix avaitelle ?

— Cela n'a rien à voir avec cette affaire. On ne peut pas diriger une école de cette façon. Si je refusais les démissions des gens que j'apprécie… eh bien, les choses ne seraient pas bien différentes mais vous comprenez ce que je veux dire.

Lynn se laissa tomber sur une chaise, vaincue. L'empreinte de l'université était partout dans la pièce : les meubles officiels, les portraits pompeux et même l'immense fenêtre devant laquelle Wendell se tenait assis à son bureau.

— Asseyez-vous, dit Wendell après son geste.

Il l'étudia pendant un moment. Il était soulagé qu'elle ne soit pas du genre à pleurer. Lynn avait l'air de beaucoup ressembler à sa défunte épouse, passionnée mais capable de contrôler ses émotions… en général.

— Je vais vous dire ce que je vais faire, reprit-il. Je vais attendre avant de présenter sa démission au conseil d'administration. Vous avez une semaine et demie pour le faire changer d'avis. C'est tout ce que je peux vous proposer.

Lynn se métamorphosa immédiatement. Elle se leva si vite que Wendell sursauta à nouveau sur sa chaise.

— Merci ! Oui. C'est exactement ce qu'il me faut. Je vais y arriver. Pas de problème.

Elle fit le tour du bureau et bondit pour le serrer dans ses bras.

— Bon, bon, bon, bon… De rien. D'accord…

Elle était presque arrivée jusqu'à la porte en sautillant lorsque Wendell l'interpella.

— Professeur Hewes.

— Oui ?

— J'apprécie vraiment ce jeune homme. Si j'avais eu un fils… eh bien…

Lynn hocha la tête et ferma les portes derrière elle. Wendell s'assit à son bureau, pensant au charmant aumônier.

— Ce se serait bien d'avoir un mariage l'été prochain, dit-il à voix haute. Je me demande lequel des deux serait la mariée.

Il appuya sur le bouton de l'interphone.

— Grace, trouvez-moi un magazine de mariage gay. Ça existe, non ? Et pour l'amour de Dieu, venez ici pour m'aider à ranger cet endroit. Pourquoi ? Il y a plein de papiers étalés sur ce fichu sol !

BRAD ET Jason formaient un tas désordonné sur le lit, zappant les chaînes de la télé. La saison de football était terminée alors ils pouvaient être aussi paresseux ou aussi actifs qu'ils le voulaient. Ils choisirent de paresser. C'était une nuit fraîche et, bien que le dortoir fût chauffé correctement, ils s'étaient emmitouflés dans un épais édredon bleu et ils pouvaient sentir leurs cœurs essayer de battre au même rythme que l'autre. Ils se demandaient pourquoi ils n'avaient pas été plus honnêtes l'un envers l'autre plus tôt.

Brad n'avait plus de raison de ne pas s'appuyer sur sa cheville maintenant, mais Jason le laissait profiter encore un peu. Jason aimait faire des choses pour les gens qu'il aimait. C'était peut-être un besoin qu'il ressentait après avoir grandi avec sa mère, un trait de caractère acquis par nécessité. De temps en temps, Brad déposait un baiser sur le front de Jason pour le remercier.

Le mur se mit à trembler et de grands éclats de rire jaillirent, troublant Brad et Jason. La voix omniprésente de Trevor se fit entendre par-dessus les rires. Pas qu'il soit plus bruyant que les autres garçons avec qui il faisait la fête mais tout simplement parce que c'était lui qui était tombé contre le mur.

— Il tente de te voler ton rôle de Maître Agitateur, dit Jason.

— Ce n'est pas de l'agitation. C'était une chute. Il ne pourrait pas créer d'agitation même s'il s'appelait Agitateur L'Agitateur.

Soudain, le silence se fit de l'autre côté de la porte.

— Ils préparent quelque chose, affirma Jason.

Puis les rires et les beuglements se répandirent dans le couloir et enfin dans la chambre de Brad et Jason. Trevor ouvrit la porte en grand, soûl comme jamais. Il avait les joues rouges, titubait et faisait de grands gestes censés ressembler à une danse. La braguette de son jean était baissée et il en sortait une saucisse de Francfort. Il la secouait dans tous les sens de manière suggestive. Son entourage, qui était aussi soûl que lui, saluait bruyamment sa prestation.

— Vous aimez les saucisses ? brailla Trevor. Que dites-vous de *cette* saucisse ?

Brad et Jason se redressèrent. Brad fit un clin d'œil à Jason.

— Elle est torride, dit-il, jouant le jeu.

— Oui, en effet, reconnut Jason. Pourquoi n'entres-tu pas pour t'amuser avec Papa ?

D'autres hurlements se firent entendre dans l'attroupement.

Brad s'avança tranquillement vers Trevor, qui était le seul garçon à proximité qui pensait qu'on se moquait de Brad. Le visage ivre de Trevor perdit un peu de courage tandis que Brad approchait, mais il resta immobile autant qu'il le put, vu son degré d'intoxication.

Brad s'empara de la saucisse de hot-dog de manière suggestive et la peur apparut soudain sur le visage de Trevor lorsqu'il se rendit compte que sa propre queue remuait aussi. Brad reconnut trop bien cette expression. Il arracha le hot-dog de la fermeture éclair et la jeta à Jason. Brad plaqua Trevor au sol et le força à ouvrir la bouche tandis que Jason le nourrissait avec la saucisse.

En ayant assez de la cour moqueuse, Jason leur claqua la porte au nez afin qu'ils ne restent plus que tous les trois.

— Voilà, dit-il. Maintenant toi aussi tu as bouffé de la saucisse.

Brad laissa Trevor se lever, visiblement nerveux, en recrachant des morceaux de hot-dog.

— Je déteste les hot-dogs, les mecs ! Vous êtes des enfoirés.

— C'est toi qui cherche, rétorqua Jason.

— C'est ça. En tout cas, ma mère se tape l'entraîneur. Je vais bientôt être son préféré. Il n'est plus gay, vous voyez ? Vous deux, vous ne pouvez plus être ses chouchous.

Brad leva les yeux au ciel.

— Tu as quel âge, trois ans ?

Jason prit l'intonation d'un professeur.

— Trevor, as-tu déjà réfléchi à ce qui se passerait si ton père – ce tombeur déguisé en star de foot – découvrait que ta mère fricote dans son dos ?

Il était évident, vu le visage de Trevor, qu'il n'avait en effet pas vu les choses sous cet angle.

— Que… non. Je…

Jason rouvrit la porte.

— Va dessoûler et penses-y, alors.

Trevor quitta la chambre en silence, rendu songeur par la catastrophe se répandant dans son cerveau enivré. Les autres types, qui avaient écouté derrière la porte, s'écartèrent pour le laisser passer comme si c'était un condamné. Ils avaient arrêté de rire et se frottaient maintenant simplement le cou.

Jason regarda Brad.

— Que crois-tu qu'il va arriver au Coach ?

— C'est un grand garçon. Il peut s'occuper de lui tout seul… non ?

— Tu as raison.

XII

LE WEEK-END précédant les vacances de Thanksgiving, l'Université de Verona avait pour coutume de recevoir les anciens membres des Growlers le temps d'un match de football. Comme un grand nombre d'entre eux luttaient encore contre les blessures qu'ils avaient reçues lorsqu'ils jouaient pour l'équipe que Verona, la coutume avait récemment été changée en faveur d'un match de flag football. Cette rétrogradation rencontrait un peu de résistance mais le bon sens l'emportait sur la bravade.

Ces matches attiraient toujours beaucoup de monde. Les étudiants, les enseignants et les anciens élèves venaient dans leurs vêtements les plus confortables, et du café et des gâteaux étaient servis sous une tente chauffée installé à côté du stade. Les matches des anciens se jouaient sur les terrains d'entraînements. Des tribunes démontables étaient installées mais beaucoup choisissaient de rester debout pour flâner et discuter. Les matches étaient toujours des exemples de bonne humeur et d'amusement, même lorsqu'une équipe se débattait pour ne pas perdre. Les foules encourageaient leurs héros vieillissants.

Chip était sur le terrain, faisant de son mieux pour ne pas être trop agressif. C'était un défi. Sa saison avait été rude et sa vie privée l'avait été encore plus. La mi-temps était proche mais le survêtement de Chip ressemblait déjà une loque boueuse. Néanmoins, c'était mieux que d'être dans les gradins. Là-bas, il aurait dû se confronter à la mère de Trevor. Enfin, il aurait dû s'y confronter si la mère de Trevor n'avait pas été assise avec son fils et sa star de football de mari. Chip jeta un sérieux coup d'œil au visage de Trevor et remarqua que, quelle qu'en soit la raison, le garçon semblait incroyablement nerveux. Il était complètement ignoré par son père, ce qui expliquait beaucoup de choses.

Chip n'aperçut pas Foster quand celui-ci arriva avec Lynn au milieu de la première mi-temps. Ils s'assirent quelques rangs – et un peu décalés vers la droite – derrière les Moore. Foster était enveloppé dans un épais caban et une écharpe grise. Lynn était plus colorée, ayant choisi du rose et du rouge. Luke devait les retrouver un peu plus tard durant le match car il avait encore un travail à faire.

142

— Je ne sais pas pourquoi tu m'as traîné ici, dit Foster. J'essaye d'aller de l'avant, tu te rappelles ?

— Ne sois pas si pressé ! Les choses ne sont jamais immuables.

— Ma démission l'est.

Elle ne répondit pas mais aperçut Wendell quelques sièges plus bas. Il lui fit un signe de tête d'un air complice. Elle leva les pouces en l'air. Lynn pouvait se permettre ce genre de gestes sans que cela paraisse exagéré. Ça lui ressemblait bien.

— C'était pour quoi ça ? demanda Foster.

— Pour rien. Je disais juste bonjour.

Foster trouvait que Lynn agissait très bizarrement mais c'était peut-être qu'elle s'adaptait à un nouvel aspect de leur amitié. Ils n'avaient jamais été en désaccord auparavant. Peut-être qu'elle compensait comme elle le pouvait.

Il regarda son souffle se dissiper dans l'air devant lui. Il lui fut impossible de quitter le terrain des yeux une fois qu'il vit Chip. L'homme pouvait se permettre de porter un survêtement couvert de boue de la même manière qu'un top-model portait un jean. Les vêtements l'aimaient. Ils se collaient avec envie à chaque muscle. Foster sentit son cœur tirailler ses entrailles. C'était cette sensation de souffle court qu'il se rappelait avoir ressentie quand il avait réalisé pour la première fois qu'il était peut-être amoureux. Ses yeux se mouillèrent et il pria pour que Lynn ne regarde pas dans sa direction. Il pria pour qu'elle ne dise rien. Il n'aurait pas été capable de répondre. Sa gorge s'était serrée. Si les prières d'un homme avaient un sens, alors celles d'un chapelain avaient certainement plus de poids.

Chip, réchauffé par l'effort, ôta vivement son sweatshirt. Il y eut une aspiration d'air audible de la part des femmes hétéros et des hommes gays de l'assistance rassemblés dans les tribunes. Même quelquesuns des autres joueurs semblèrent un peu distraits. Bien sûr, Chip savait qu'une telle réaction allait se produire. Il l'accueillait à bras ouverts tout en essayant de ne pas *montrer* qu'il s'y attendait, prétendant ne pas sentir la chute de pression de l'air autour de lui. C'était toujours les choses les plus simples qui apportaient le plus de plaisir, se dit-il.

— On s'en fout ! cria le père de Trevor. Remets ton sweat.

Foster regarda de travers le joueur impudent assis quelques places plus loin, réfléchissant à une vengeance diabolique. Il prierait pour son pardon plus tard. Juste en dessous de lui, le jeune joueur de football si nerveux qui était venu le voir à la chapelle pour se confesser sur sa sexualité maudit la star : « Crétin ! »

Il y eut des rires. Trevor se ratatina à côté de sa mère, qui était loin de s'en soucier et s'approchait à grand pas de l'ivresse.

Le père de Trevor montra son poing. Brad lui répondit par un « Essaye ! » Et ce fut terminé. Du moins pour le père de Trevor.

Sur le terrain, ayant été distrait pas l'insulte provenant des tribunes, Chip passa la foule en revue. Ses yeux glissèrent sur la star de football et trouvèrent l'aumônier. La foule disparut et le visage de Foster éclipsa tous les autres. Ce fut court mais, comme ça arrivait en plein milieu du match, ce fut tout de même une étrange interruption. Brad et Jason suivirent le regard que Chip adressait à Foster ; la mère de Trevor, qui pensait au début que Chip la dévisageait, comprit qu'elle se trompait et avala une bonne gorgée d'alcool ; et Lynn adressa un geste de triomphe à Wendell. Le président lui rendit un clin d'œil et un hochement de tête.

À la mi-temps, l'équipe de Chip était légèrement en tête. Chip avait mis toute son énergie dans le jeu pendant la plus grande partie du match, jusqu'à ce qu'il soit distrait. Après ça, leur avance s'amenuisa.

La foule se précipita vers les collations et les boissons dans le jardin. Chip essaya de garder un œil sur les déplacements de Foster. La dernière fois qu'il l'avait vu, il se tenait toujours dans les gradins avec Lynn. Chip avait prévu de monter là-haut pour lui parler – juste lui parler, c'est tout. Mais des obstacles, prenant la forme d'anciens élèves et d'enseignants, ne cessèrent de le bloquer.

— Pas mal, mais vous pouvez jouer mieux.

— Qu'est-ce qui vous est arrivé à la fin ?

— Ce n'est pas parce que vous avez cette allure-*là* que cela vous permet de foutre le match en l'air !

Chip se fichait de tous ces commentaires. Il voulait seulement se frayer un chemin vers Foster. En fait, il était effrayé de lui reparler, mais cela lui ôterait un poids des épaules. Il le savait. Cependant, juste au moment où il pensait avoir la voie libre pour aller vers Foster, la mère de Trevor lui bloqua la route. Elle se tenait là, un verre à la main, la tête haute et la mine accusatrice. Par-dessus son épaule, Chip pouvait voir Trevor les observer depuis les gradins d'un air nerveux. Le père de Trevor était occupé à jouer la superstar avec ses fans et ses admirateurs. Trevor était le garçon invisible.

— Chez toi ou à mon hôtel ? demanda-t-elle.

Elle le regardait d'un air apathique.

— Écoute… Gladys…

C'était *quoi* déjà son prénom ?

— J'étais…

— Relax. C'était une blague.

Elle but une gorgé et regarda autour d'eux.

— Et c'est Gloria.

Il fut immédiatement gêné et ennuyé par elle.

— Pardon.

— Ne t'excuse pas, beau gosse. Tu ne brises aucun cœur ici. Je t'ai utilisé ; tu m'as utilisée. Nous étions l'un pour l'autre de nouveaux petits joujoux étincelants.

Ce n'était pas une analogie qui lui plaisait beaucoup mais c'était la vérité.

— Mais maintenant que tu as trouvé quelque chose de mieux, traite-le convenablement. Cet appétissant aumônier semble déborder de gentillesse.

Elle lui tapota le torse de ses longs ongles sombres et s'éloigna d'un pas tranquille.

Chip leva les yeux vers Foster en direction des sièges. Foster lui jetait de temps en temps des regards nerveux. Ses yeux magnifiques luisaient et suppliaient. Gloria avait raison : Foster était la gentillesse incarnée. Chip devait réfléchir à un truc à dire. Il ne pouvait pas simplement débarquer devant lui pour proposer « Alors, tu veux qu'on se remette ensemble ? » Pourtant, c'était ce dont il avait envie. Il voulait aller droit au but, mais il était certain que ce serait trop brusque. Ralentis. Réfléchis.

Il se tourna prudemment et se dirigea vers la tente où se trouvaient les cafés et les gâteaux. Ce dont il avait besoin, c'était de marcher. Le temps de réfléchir et d'arriver à quelque chose de grandiose et de magnifique. Il lui restait une demi-heure avant la suite du match.

— Un café, noir, demanda-t-il au préposé.

ASSIS DANS les gradins, Foster se sentait pitoyable. Chip était parti vers la tente des cafés, laissant le chapelain se faire l'effet du gamin esseulé qui s'appuie contre le mur lors du bal du lycée. Il avait plus de trente ans, pour l'amour du ciel. Quand cesserait-il d'avoir besoin de s'affirmer par les autres ? Une petite voix lui répondit : « Jamais. » Parfois, il détestait cette petite voix.

— Va lui parler, le pressa Lynn. Cours-lui après !

— Il vient juste de discuter avec Mme Moore. Il m'a clairement oublié.

Dire cela lui brisait le cœur. Jusqu'à présent, la possibilité que lui et Chip se remettent ensemble était restée présente. Cela le surprit, parce qu'il croyait que son esprit s'était fait une raison à ce propos. Mais après avoir assisté au match, regardé Chip sur le terrain, il n'était plus certain de pouvoir quitter l'Université de Verona.

— Ce sont des conneries !

Les gens assis autour d'eux hoquetèrent en entendant cette femme dingue jurer devant l'aumônier. Elle se calma.

— Et tu n'y crois pas non plus. Cette garce est partie vaincue. Je l'ai vu, et toi aussi.

— Je suis sûr que c'est une bonne personne.

— On s'en fout ! Ça m'est égal que ce soit Julia Roberts. Il t'aime.

Foster resta silencieux. D'un geste de main, il écarta ses cheveux de son front et remis ses lunettes en place. Lynn repéra Luke le Scientifique, tandis qu'il approchait de l'endroit où elle était assise avec Foster, deux cafés à la main.

— Désolé, je ne vous ai rien amené, dit Luke en tendant un gobelet à Lynn et en s'asseyant à côté d'elle.

Elle accepta gracieusement.

— Ce n'est pas grave, répondit Foster en lançant un coup d'œil surpris à Lynn.

Il ne savait absolument pas qu'ils étaient de nouveau ensemble.

— Je l'ai appelé. On a mis les choses à plat. Je lui ai dit de nous rejoindre ici s'il en avait le temps.

La tasse de café était pleine et Lynn en renversa un peu sur son manteau en retirant le couvercle en plastique. Le visage de Foster s'éclaira en se souvenant de quelque chose.

— Lynn, est-ce que tu as vu Katie Hammond quelque part, aujourd'hui ?

Lynn était confuse.

— Je crois que je l'ai vue regarder les terrains depuis sa voiturette.

Foster se leva et faillit perdre l'équilibre.

— Qu'est-ce qui ne va pas ?

— Rien. Absolument rien. Je me disais juste… que je pourrais… peu importe. Je reviens dès que possible.

Il descendit des tribunes en courant. Lynn et Luke se regardèrent, perplexes et adorables.

CHIP ERRAIT loin de la foule avec sa tasse de mauvais café à la main. Le match annuel de flag football avait un air de fête d'anciens élèves. En fait, c'était exactement pour cette raison que les gens revenaient année après année. Ils prenaient même l'apéro dans le coffre de leurs voitures. Ça lui semblait étrangement extravagant, en particulier parce que le match n'avait vraiment aucun enjeu sportif pour l'école. Mais les gens prenaient ce qu'ils pouvaient quand ça leur était offert. Les bon moments semblaient rares en ce monde et, avec de l'alcool en main, n'importe quel moment pouvait se transformer en *bon* moment.

Brad et Jason passèrent précipitamment près de lui, aussi gais que des enfants jouant aux chaises musicales lors d'une kermesse. Il reconnut leur rire « de mauvais coup » dès qu'il l'entendit. Les vestes des garçons laissaient voir d'étranges bosses et une traîne de papier toilette était collée sous la chaussure de Brad. Pas très malin. Chip les suivit jusqu'au parking en prenant son temps. Quoi qu'ils aient prévu, ils seraient encore en train de le faire quand il arriverait. Une farce n'est drôle que lorsqu'elle est minutieusement exécutée.

Les garçons ne furent pas difficiles à trouver. Ils étaient occupés à décorer la luxueuse voiture de M. Moore qui, bien sûr, avait pris soin de la garer à l'écart afin qu'elle ne soit pas abîmée. Chip recula et les observa depuis le couvert d'un arbre. Ils balançaient les rouleaux de papier toilette d'un côté à l'autre en un ballet gracieux et joyeux. Les rouleaux tournaient dans les airs, puis redescendaient en cascade sur la voiture. Jason courait autour du véhicule comme s'il participait à une ancienne orgie mystérieuse ou à un rituel. Finalement, la voiture était bien plus belle empaquetée qu'elle ne l'avait été brillante et rutilante. C'était un emballage de papier raffiné et coquet comme on n'en avait jamais vu. À la fin, les garçons s'embrassèrent rapidement et délicatement par-dessus le capot. Ils le firent de façon si spontanée que cela semblait un final naturel à la danse.

Chip savait qu'en tant que membre du corps enseignant, il aurait dû faire quelque chose. Il aurait dû réprimander les garçons et les envoyer tout de suite chez Wendell, mais le baiser le figea sur place. Il le charma. De plus, le père de Trevor était un crétin fini. Alors, doucement, Chip s'esquiva et laissa les garçons à leur futur et à leur amusement.

Pendant la pause de la mi-temps, les gens erraient comme des bienfaiteurs à un gala de charité. L'odeur de hot-dogs grillés et de chili envahissait l'air et, plus d'une fois, Chip avait refusé une invitation à trinquer à l'arrière d'un camion ou d'un break. Son café lui suffisait. Il continua à marcher, essayant de réfléchir à ce merveilleux et grandiose discours pour Foster. Celui qui le convaincrait de leur lien éternel. *Leur lien éternel ? Était-ce assez poétique ?*

Lynn et Luke arrivaient en déambulant dans la foule. Ils se tenaient par le bras, chacun ayant un café à la main, et marchaient de manière si alanguie que n'importe quel idiot pouvait voir qu'ils étaient perdus dans les yeux de l'autre. Leurs yeux avaient ce regard flou et légèrement détendu. Ce regard qui disait qu'ils n'avaient besoin d'être conscient de rien d'autre parce qu'ils étaient tous les deux. C'était un regard que Chip comprenait et espérait voir revenir à son destinataire légitime – lui.

En remarquant Chip, Lynn chuchota quelque chose à Luke, qui fit un rapide signe de tête à l'entraîneur puis quitta Lynn, retournant d'un pas tranquille jusqu'aux gradins. Elle se tenait maintenant devant Chip comme s'il lui avait fait signe de venir.

— Ton petit copain ne m'aime pas ?

— Je lui ai dit que toi et moi devions discuter.

— C'est un type compréhensif, vu qu'on s'est fréquentés.

— Oui. Et il se rase convenablement aussi.

Chip ignora la remarque.

— Écoute. Je te dois des excuses.

— À quel propos ? demanda Lynn.

Ils commencèrent à marcher. Il remit son sweatshirt boueux et mouillé.

— C'est moi qui ai causé cette dispute entre vous, continua Lynn.

— Oui, en effet. Mais je dois m'excuser de ne pas t'avoir parlé de nous dès le début. Et avant ça, de t'avoir menée en bateau. De t'avoir fait croire qu'il aurait pu se passer quelque chose de sérieux entre nous.

— Je ne crois pas que tu m'aies menée en bateau. J'ai ma part de responsabilité aussi. Nous avons été les co-conspirateurs de notre duperie réciproque, je crois, dit Lynn.

— Moi pas aimer les grands mots.

Elle se mit à rire.

— On n'était pas bien ensemble. C'est mieux ?

148

— Foster et moi n'avions vraiment pas l'intention de te mettre mal à l'aise, Lynn.

Chip regarda autour d'eux.

— Où est Foster ? Il n'était pas assis avec vous ?

— Si.

Elle marqua une pause.

— Je ne sais pas où il est allé.

Chip se dit qu'il allait peut-être devoir reporter son grand discours à un autre jour.

— Et je dois admettre que je me suis un peu sentie comme le deuxième jour de janvier, ajouta-t-elle.

— Quoi ?

— Ignorée. Tu sais, une fois le premier janvier passé, le deux janvier est juste là. Rien de spécial. Rien n'arrive jamais un deux janvier. Mais je m'en suis remise. Pourtant, il y a une chose que je me demande encore.

— Quoi donc ?

— Est-ce que c'est moi qui t'ai rendu gay ? Je sais que c'est une question stupide et, avant, je me moquais des gens qui disaient des trucs comme ça dans les talk-shows mais je ne peux pas m'en empêcher. Tu as toujours été un tel…

— Connard ? avança Chip en souriant. Non. Je crois que mes sentiments pour Foster ont toujours été là, attendant que Foster arrive. Je suis un ex-hétéro maintenant.

Il rigola de son propre sens de l'humour.

— À nouveau amis ? demanda-t-elle en tendant la main.

Chip s'arrêta de marcher et la lui serra.

— Parfait.

Luke attendait à distance derrière eux avec deux tasses de cafés frais.

— Je dirai à Foster de venir te trouver, dit Lynn.

Elle lui tapota l'épaule et rejoignit Luke. Ils formaient un joli couple. Parfaitement mignon et fait l'un pour l'autre.

Chip se tourna et continua à marcher. Il se fichait pas mal de ne pas jouer la seconde moitié du match. De toute façon, ses aînés avaient besoin de plus de temps pour se reposer. En définitive, la pause de la mi-temps durait souvent aussi longtemps que le match.

Il avait presque terminé son café. L'inspiration lui faisant défaut, rien ne lui venait. Rien qui serait susceptible de faire tomber Foster en pâmoison. Et alors, Foster aimait les choses simples, non ? C'était l'une

149

des choses les plus rafraîchissantes chez lui. Peut-être que des mots simples seraient mieux. La poésie était bonne pour faire une cour sophistiquée mais des mots simples étaient plus appropriés dans des circonstances définies comme « désespérées. »

Chip entendit la voiturette de Katie arriver derrière lui. Le klaxon retentit maladivement. Il semblait un peu usé ; elle devrait bientôt le faire réviser. Il se retourna pour la saluer. Elle avait l'air de savoir toujours exactement où le trouver, comme s'il portait un traceur. Tandis qu'il se retournait, il vit qu'il y avait un passager à son côté. Il déglutit et tout ce qu'il avait imaginé pouvoir dire à Foster lui sortit immédiatement de la tête. La vision de son visage avait cet effet sur Chip.

Katie s'arrêta en face de lui et Foster descendit de la voiturette, un petit sachet en main.

— Merci pour la course, dit-il à Katie.

— Quand tu veux, mon chou.

Elle envoya un clin d'œil appuyé à Chip et s'en alla, retournant au match. Elle actionna son klaxon en partant, chassant ceux qu'elle ne jugeait pas digne d'être près d'elle.

Foster montra le sachet.

— C'est un muffin au chocolat.

Il secoua légèrement le sac, incitant Chip à le prendre.

— On ne peut pas être en colère avec un muffin, non ?

Chip sourit enfin et prit le sachet. Il le tint à son côté. Ils n'avaient pas été si près l'un de l'autre depuis Halloween. Les masques étaient tombés maintenant. Un silence plana entre eux pendant quelques instants. Ils purent sentir leur souffle respectif avant même que leurs fronts ne se rencontrent et que leurs yeux se ferment.

— Je suis désolé, tellement, tellement désolé…

Foster pleurait.

— Tu me pardonnes ?

Chip fit taire sa colère et ils s'embrassèrent plus rudement et plus intensément que ne l'avaient vu depuis longtemps les murs de l'université. Il y avait des lois sur l'obscénité contre de tels baisers. Chip jouait avec l'arrière des cheveux noirs de Foster, et Foster était blotti dans les bras de Chip.

— Je serais en colère plus tard, répondit Chip.

Puis ils s'embrassèrent de nouveau.

Je me ferais pardonner. Promis.

Chip lança un clin d'œil.

— Ouais, t'as intérêt.

Leur seul spectateur fut un petit écureuil perturbé, posté sur la branche d'un des arbres non loin d'eux. Chip sentit le gland rebondir sur l'arrière de son crâne pendant qu'il embrassait Foster et il se mit à hurler. L'écureuil marqua la touche d'un aboiement.

— Qu'est-ce que je t'avais dit ? demanda Chip à Foster qui s'accrochait toujours à lui. Je savais qu'il m'aurait tôt ou tard.

Foster commença à rire, plus pour la joie d'avoir retrouvé Chip que pour saluer l'action de l'écureuil.

— T'es pas censé hiberner ? hurla Chip au hooligan à fourrure.

Il se tourna vers Foster.

— Je reviens tout de suite. On va avoir de l'écureuil pour Thanksgiving, mon ange.

Il entreprit la montée de l'arbre, aussi souple et agile qu'un enfant, avec le rire de Foster qui l'encourageait d'en bas.

La mi-temps était terminée mais ils avaient toute la vie pour jouer. Autant commencer tout de suite. *Ça pourrait être le bon*, se dit Foster. Barry n'était qu'un faux-pas. Avec Chip, c'était sérieux. Ils étaient peut-être mal assortis mais c'était une bonne disparité. Comme le salé-sucré. Comme Dieu et le football américain.

Foster grimpa lui-même à l'arbre une fois que l'écureuil eut échappé avec succès à la poigne de Chip. L'entraîneur attendait, les jambes pendantes de chaque côté de la branche. Foster s'appuya contre le torse de Chip et ils écoutèrent le match de loin, aucun d'eux ne désirant rejoindre la foule.

— Des adultes dans un arbre, dit Foster tandis que Chip l'entourait de ses bras. C'est de la folie.

— Oui, rétorqua Chip. Mais une bonne forme de folie.

Quand Joe reprend conscience dans un champ d'orge, il est nu et amnésique ; il ignore comment il s'est retrouvé là. Avant d'en comprendre davantage, il se retrouve à accomplir le plus étrange voyage initiatique de toute sa vie. Durant sa quête, Joe est accompagné d'un guide, Baker, tandis qu'un bel et mystérieux Étranger – qui, pour une raison étrange, lui semble familier – ne cesse de lui recommander le courage. Joe arpente donc un monde fantastique en perpétuel changement afin d'affronter son passé.

En cours de route, il rencontre de nombreux défis et les souvenirs qui lui reviennent ne sont pas toujours faciles, mais s'il espère enfin trouver la paix – et rejoindre celui qui l'attire tellement – Joe doit aller jusqu'au bout, malgré les tentations qui le poussent à s'arrêter en chemin…

www.dreamspinner-fr.com

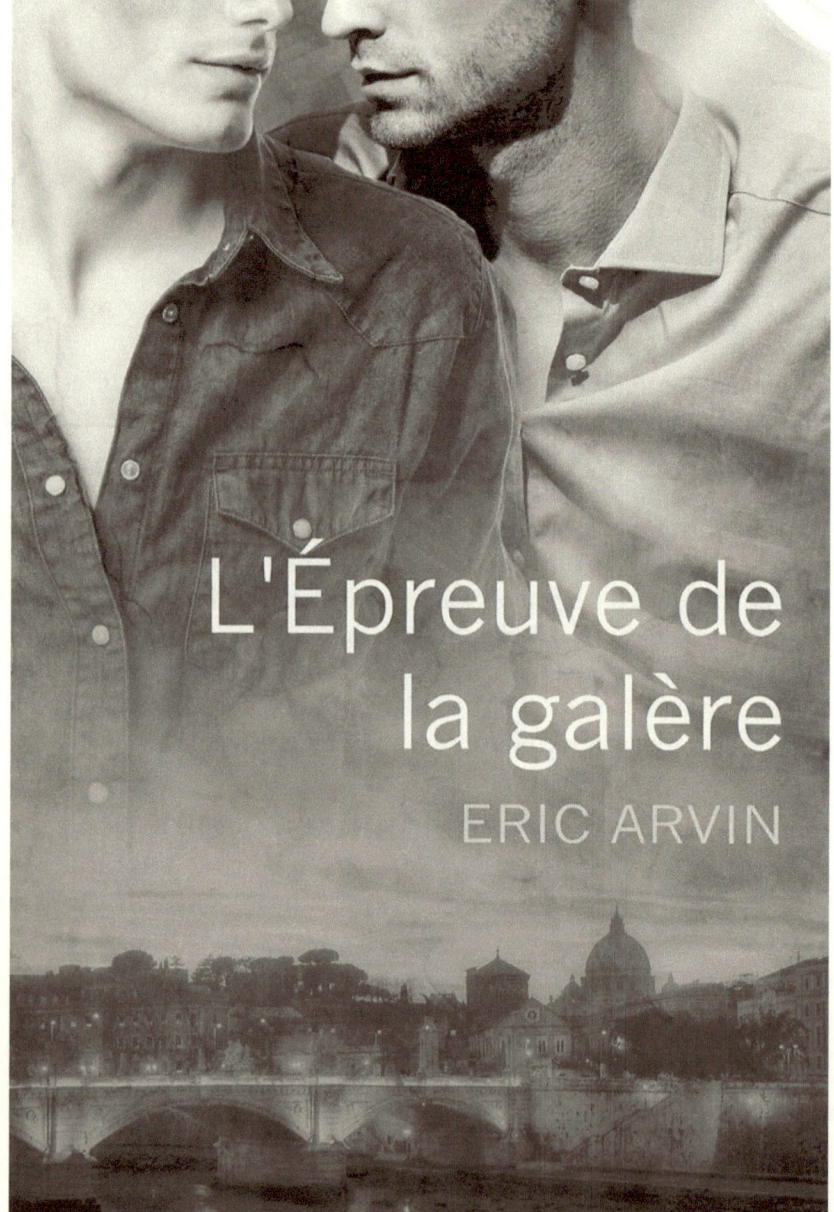

L'Épreuve de
la galère

ERIC ARVIN

Logan Brandish, auteur à plein temps, est parfaitement heureux dans sa paisible routine, avec sa collocation avec sa meilleure amie dans une petite bourgade, sa chatte, et son petit ami … Jusqu'à ce qu'il rencontre l'éditeur de son prochain livre, le beau Brock Kimble, et le calme passif de sa vie quotidienne disparaît en fumée. Découvrant pour la première fois ce que veut dire passion, Logan devient anxieux et impatient, et bien vite sa vie et son nouveau manuscrit – qu'il s'était imaginé pouvoir finir un jour – ne sont plus que pagaille.

Mais Logan l'apprend à ses dépens : on n'obtient pas toujours ce que l'on veut … pas du jour au lendemain, en tout cas. Pour oublier tous ses ennuis, il part en voyage, mais même le 'paysage' italien ne peut empêcher bien longtemps ses pensées de revenir vers son désormais ex-éditeur. Logan devra peut-être admettre qu'il est des choses auxquelles on ne peut échapper.

www.dreamspinner-fr.com

ERIC ARVIN vit toujours dans la tranquille bourgade fluviale de l'Indiana où il a grandi. Il est diplômé de l'Université de Hanover, dans l'Indiana, où il a obtenu une Maîtrise d'Histoire, et il a vécu quelques temps en Italie et en Australie. Il a survécu à une opération du cerveau et à ses propres démons tapageurs.

Visitez son blog sur daventryblue.blogpost.com.

Par ERIC ARVIN

Au-delà du réel
L'épreuve de la galère
Des hommes ordinaires

Publié par DREAMSPINNER PRESS
www.dreamspinner-fr.com

www.ingramcontent.com/pod-product-compliance
Lightning Source LLC
Chambersburg PA
CBHW052007240626
47153CB00008B/2777